KB183121

정의의 라방 LIVE

이규희 글
스갱 그림

이지북
EZbook

차례

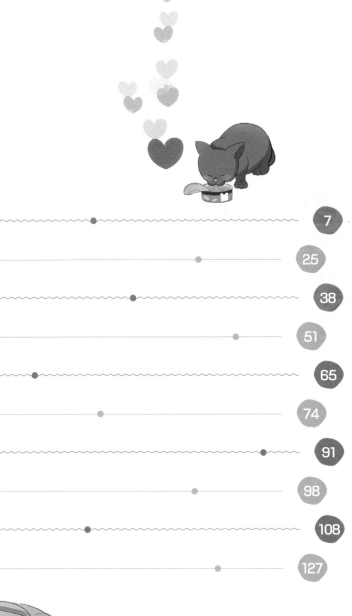

1 · 너도 혼자니?

이솔이는 늘 혼자였다. 누군가가 가까이 다가오면 자기도 모르게 한 걸음 뒤로 물러났다. 속으로는 다른 아이들처럼 단짝이 있었으면 하고 바라면서도 아이들에게 말을 붙이기 쉽지 않았다.

엄마는 그런 이솔이를 볼 때마다 답답한 마음을 숨기지 못했다. 마치 고치기 어려운 병에 걸린 사람을 보는 것처럼.

"누굴 닮아서 저렇게 낯을 가리고 말주변이 없는지 모르겠네."

엄마는 혼자 다니는 이솔이가 안타까워 혀를 끌끌 차

며 말했다.

"이솔아, 원하는 거 있으면 말해 봐. 그렇게 입을 꾹 닫고 있으면 네 속을 누가 알아주겠니? 답답해라."

그럴 때마다 이솔이는 속으로 중얼거렸다.

'친구 좀 없으면 어때. 세상에는 말 잘하고 아무하고 나 잘 어울리는 붙임성 좋은 사람이 있는가 하면 나처럼 그게 어려운 사람도 있을 텐데.'

그런 이솔이가 요즘 푹 빠진 건 라이브 방송이다. 이솔이는 엄마의 잔소리를 한 귀로 흘려 버리고 습관처럼 라이브 방송을 켰다. 어른뿐 아니라 이솔이 또래가 나오는 라방도 많았다. 고양이, 강아지와 함께 사는 아이, 직접 음식을 만들고 먹방을 하는 아이, 모델처럼 차려입고 패션 센스를 뽐내는 아이, 아이돌처럼 춤추고 노래하는 아이……. 이런저런 라방을 보다 보면 심심하지 않았다. 심지어 라방을 진행하는 아이와 친구가 된 기분마저 들었다.

그러던 어느 날, 이솔이의 머릿속에 한 가지 생각이 떠올랐다.

'나도 라이브 방송을 해 보면 어떨까?'

생각만으로 가슴이 두근거렸고 재미난 놀이를 찾은 것처럼 설렜다.

'하지만 초등학생이 라방을 하려면 엄마나 아빠의 허락을 받아야 한다는데, 어떡하지?'

골똘하게 생각하던 이솔이는 문득 엄마 다이어리에 적힌 아이디와 비밀번호가 떠올랐다. 이솔이는 기억을 더듬어 엄마의 아이디로 로그인한 다음 라이브 방송을 개설했다.

엄마의 채널 이름은 '마법의 양탄자'였다. 처음 그 이름을 보았을 때, 이솔이는 고개를 갸우뚱하며 물었다.

"엄마, 하필이면 왜 마법의 양탄자야?"

"『아라비안나이트』에 나오는 마법의 양탄자 알지? 그 양탄자를 타고 여행 떠나고 싶어서."

그렇게 말하며 엄마는 멋쩍게 웃음 지었다.

'엄마도 어딘가로 떠나고 싶을 때가 있나 보네.'

아침부터 저녁까지 요양 보호사로 일하는 엄마가 언젠가 마법의 양탄자 같은 비행기를 타고 여기저기 여행 다니는 날이 오기를 이솔이는 속으로 기도했다.

하지만 활발한 성격의 엄마와 이솔이는 달랐다. 돌아

다니거나 여행 다니는 것보다 집에 있는 게 제일 좋았다. 때로는 투명 망토를 걸치고 아무에게도 보이지 않는 사람이 되고 싶었다.

이솔이가 투명 망토를 가지고 싶어진 건 어쩌면 그날부터였는지도 모른다. 4학년 늦가을 어느 날이었다. 이솔이는 평소처럼 미술 학원에 가고 있었다.

"야, 한이솔. 어디 가?"

늘 몰려다니는 강윤지와 이빛나, 오나은이었다. 삼총사처럼 똘똘 뭉쳐 다니며 다른 아이들을 꼼짝 못 하게 만드는 시끄러운 아이들이었다.

'어떡하지?'

비웃듯이 말하는 아이들의 목소리에 이솔이는 괜히 주눅이 들었다. 또래보다 키가 작고 왜소한 이솔이는 자기보다 키도 크고 목소리도 큰 아이들과 마주치는 게 편치 않았다. 그 아이들이 다른 친구들을 괴롭히고 다닌다는 소문을 들어서인지도 몰랐다.

"못 들었어? 어디 가냐고."

윤지가 먼저 말을 걸어왔다. 이솔이를 동생처럼 대하

는 말투였다.

이솔이는 조그맣게 대답했다.

"미술 학원에."

"너 그림 잘 그려?"

"아니."

이솔이는 국어나 수학, 영어보다는 미술을 좋아했다. 아무 말도 하지 않고 스케치북에 원하는 것을 표현할 수 있다는 점이 마음에 들었다.

그때 윤지가 실실 웃으며 가까이 다가왔다.

"이솔아, 돈 좀 있어? 우리가 지금 너무 배고파서 그러는데 돈 있으면 좀 빌려줄래?"

"나 돈 없는데."

이솔이는 윤지의 말에 뒷걸음치며 자기도 모르게 학원 가방을 얼른 뒤로 감췄다. 매주 월요일마다 엄마에게 받는 용돈이 가방에 들어 있었기 때문이다.

"가방은 왜? 감추는 거 보니까 수상한데?"

"야, 친구끼리 너무한다. 나중에 꼭 갚을게. 그냥 달라는 게 아니라 빌려달라는 거야."

빛나도 실실 눈웃음치며 이솔이 앞으로 바짝 다가왔

다. 이슬이보다 키가 훨씬 큰 빛나의 어깨가 이슬이 얼굴에 닿을 지경이었다.

"싫어?"

이슬이가 대답할 새도 없이 나은이가 이슬이의 가방을 휙 낚아챘다. 그러고는 가방 안에 든 지갑에서 오천 원짜리 두 장을 꺼냈다.

"야, 이 정도면 되겠다. 이슬, 고마워!"

나은이가 이슬이 눈앞에서 오천 원짜리 두 장을 흔들며 호들갑을 떨었다.

"안 돼, 이리 줘. 이번 주 용돈이란 말이야."

이슬이는 나은이가 쥐고 있는 돈을 다시 빼앗으려 했지만, 아이들은 신이 나서 빈 지갑과 가방만 땅바닥에 남긴 채 이미 저만치 달아났다.

이슬이의 두 눈에 눈물이 핑 돌았다.

"아, 어떡해."

몇몇 아이가 윤지에게 돈을 빼앗겼다고 수군거리는 걸 들어 본 적은 있지만, 이슬이 자신이 당할 거라고는 상상하지 못한 일이었다.

그날부터 윤지는 툭하면 이슬이에게 돈을 빌려달라

거나 먹을 걸 사 달라며 말을 걸었다.

5학년에 올라와서도 셋과 같은 반이 되었다. 윤지와 아이들은 여전히 함께 몰려다니며 이솔이에게 손을 내밀었다.

"이솔아, 마라탕 좀 사 줄래?"

"오늘은 탕후루 먹고 싶어. 돈 좀 빌려주라."

이솔이는 번번이 용돈을 빼앗겼다. 그 아이들은 이솔이가 월요일마다 용돈 받는 걸 알고 있었다. 이솔이가 요구를 들어주지 않으면 몇 번이나 찾아와 닦달하고 보챘다.

한번은 반 아이들에게 헛소문을 퍼뜨리기도 했다.

"얘들아, 내가 어제 봤는데 한이솔이 분식집에서 어떤 남자아이랑 단둘이 떡볶이 먹더라. 아주 다정하게."

아이들은 윤지 패거리에게 잘 보이려고 호들갑을 떨었다.

"얌전한 고양이 부뚜막에 먼저 올라간다더니 완전 내숭이었네?"

"뭐? 우리랑 말도 제대로 못 하는 이솔이가? 완전 반전이네!"

"내, 내가 언제? 그런 적 없어."

이솔이가 울먹이며 말해도 아이들은 그저 놀려 대기 바빴다.

그러던 어느 날, 윤지와 빛나가 이솔이에게 실실대며 다가와 웬일로 다정하게 말했다.

"이솔아, 내일까지 2만 원만 구해 줄 수 있니? 그것만 해 주면 다시는 너한테 돈 안 빌릴게. 진짜야. 우리 말 믿어도 돼."

이솔이가 울먹이며 답했다.

"돈 없어. 정말 없어. 너희가 매번 다 가져갔잖아."

윤지 패거리에게 돈을 빼앗기기 시작한 다음부터 이솔이는 제대로 된 간식 한 번 사 먹어 본 적 없었다.

"알아, 알아. 너 지금 돈 없는 거. 그러니까 내일까지 시간을 준다고 하잖아. 우리가 정말 그 돈이 필요해서 그래."

"귀염둥이 한이솔, 너만 믿는다. 그 대신 이번이 진짜 마지막이야. 다시는 이런 부탁 안 할게."

윤지와 빛나는 몇 번이나 마지막이라는 말을 강조하며 멀어져 갔다.

그날 밤, 이솔이는 수십 번 망설이고 망설이다가 용기를 내어 엄마에게 말했다.

"엄마, 다음 주 용돈 미리 주면 안 될까? 2만 원만."

엄마가 고개를 갸우뚱하며 물었다.

"이솔이, 너 용돈 받은 지 얼마나 지났다고 또 용돈을 달라니? 그 돈 어디다 썼는데?"

이솔이는 얼굴이 빨개진 채 얼버무렸다.

"그, 그냥 떡꼬치 사, 사 먹고. 탕후루도 사 먹고 아이스크림도……."

엄마가 꼬치꼬치 캐물었다.

"요즘 아무래도 수상해. 무슨 일 있지, 그렇지?"

"치, 주기 싫으면 주기 싫다고 하면 되잖아!"

이솔이는 손으로 얼굴을 감싼 채 참아 왔던 울음을 터뜨렸다. 4학년 가을부터 지금까지 몇 달 동안 아이들에게 시달려 온 걸 생각하니 마음속에서 서러움이 북받쳐 올랐다.

"너 설마 용돈 안 준다고 우는 거야? 그 돈이 왜 필요한지 엄마한테 솔직하게 말하면 생각해 볼게. 한번 말해 봐."

엄마가 이솔이를 똑바로 쳐다보며 물었다. 이솔이는 당장이라도 엄마에게 모든 걸 털어놓고 싶었지만 차마 말을 꺼내지 못했다. 그렇게 되면 엄마가 학교에 찾아가 윤지 패거리가 한 일을 담임 선생님에게 밝힐 테고, 그렇게 되면 그 아이들이 이솔이를 가만두지 않을 게 뻔했다.

이솔이는 얼른 둘러댔다.

"아무것도 아니야. 나도 다른 아이들처럼 다꾸 준비물 좀 사 볼까 했던 거야."

엄마는 처음 듣는 말이라는 듯 고개를 갸우뚱했다.

"다꾸? 다꾸가 뭔데?"

이솔이가 시무룩하게 말했다.

"다꾸는 다이어리 꾸미기를 줄인 말이야. 아이들 사이에서 요즘 그게 유행이거든. 스티커도 붙이고 직접 만들기도 하고."

"아휴, 요즘 아이들은 별걸 다 하는구나. 그게 그렇게 하고 싶어? 알았어. 이번 생일 선물로 미리 주는 거야."

엄마는 그제야 2만 원을 꺼내 이솔이에게 건넸다.

다음 날, 이솔이는 학교에 가자마자 윤지와 빛나를 복
도로 불러내 돈부터 건넸다.

"이게 정말 마지막이야. 만약 또 나를 괴, 괴롭히면
가, 가만있지 않을 거야!"

이솔이는 두 주먹을 꼭 쥐고 으름장을 놓았다.

"그래, 한이솔. 우리도 한다면 하는 사람들이야."

윤지와 빛나가 신이 나서 교실로 쏙 들어갔다.

그날 이후 윤지 패거리는 이솔이를 괴롭히지 않았다.
돈을 달라고 보채지도 않았다. 하지만 윤지와의 일을
겪은 후부터 이솔이는 친구 사귀는 게 더 힘들어졌다.
차라리 투명 망토를 쓰고 혼자 있고 싶었다.

'그래, 혼자서도 얼마든지 놀 수 있어. 이렇게 라이브
방송도 하고 말이야.'

이솔이는 라방을 켜고 떨리는 손으로 동생 이루의 모
습을 찍기 시작했다. 하지만 생각했던 것보다 별 반응
이 없었다. 아이들의 흥미를 끌 만한 내용이 아닌 모양
이었다.

어느 날 혼자 터덜터덜 하교하던 이솔이는 길가에 오
도카니 앉아 있는 까만 고양이 한 마리를 발견했다. 그

고양이는 이상하게 이솔이가 가까이 다가가도 피하지
않았다.

"너도 나처럼 혼자니? 엄마는? 친구도 없어?"

이솔이가 쭈그려 앉아 고양이를 마주 보며 물었다. 고
양이는 마치 이솔이의 말을 알아듣기라도 하듯 야옹야
옹하였다.

"너, 배가 홀쭉한 걸 보니 배고프구나? 알았어. 잠깐
여기서 기다릴래?"

이솔이는 얼른 가까운 편의점으로 달려가 고양이용
참치 캔 하나를 사서 고양이 턱 밑에 두었다. 길고양이
사료를 챙겨 주는 이모가 고양이는 참치 간식을 좋아한
다고 했던 말이 떠올랐기 때문이다.

"그래, 이걸 찍어야지."

이솔이는 얼른 라방을 켜고 고양이가 혀를 날름거리
며 맛있게 먹는 모습을 찍기 시작했다.

🙍 우아, 귀엽다.

🙍 길냥이인가? 내가 데려다 키우고 싶다!

🙍 엄청 배고팠나 보다.

🔘 야옹아, 너희 집은 어디니?

몇몇 사람들이 들어와 고양이에게 말을 걸듯 메시지를 보내왔다. 사람들이 라이브 방송에 관심을 가지자 이솔이는 괜히 기분이 좋아졌다.

🔘 오구오구, 잘도 먹네. 그렇게 맛있어?
🔘 우리 집에 오면 간식 많이 사 줄 텐데.

라이브 방송을 시청하는 사람들은 고양이가 바닥까지 간식을 핥아 먹는 걸 보며 자기 일처럼 기뻐했다. 간식을 다 먹은 고양이는 볼일이 끝났다는 듯 순식간에 골목으로 달아나 버렸다.

"어, 냥이야! 어디 가, 어디?"

이솔이는 달아나는 고양이를 뒤따라가며 뒷모습을 찍기 시작했다.

🔘 앗, 깜깜이가 도망갔네요. 에고, 더 보고 싶었는데.
🔘 다음에도 또 깜깜이 모습 보여 주세요!

어떤 사람은 고양이를 자기 마음대로 깜깜이라고 부르며 사라져 버린 것을 안타까워했다.

'깜깜이? 잘 어울리는 이름인데?'

이솔이도 그 이름이 마음에 들어 고양이를 다시 만나면 깜깜이라고 부르기로 했다.

2 • 나비 마스크를 쓴 아이

　이솔이는 수업이 끝나자마자 미리 사 두었던 고양이 간식을 챙겨 어제 그 골목으로 향했다. 깜깜이는 놀랍게도 같은 자리에 얌전히 앉아 있었다. 마치 이솔이를 기다리기라도 한 것처럼.

　"깜깜이 너, 날 기다린 거야? 내가 그럴 줄 알고 이거 가져왔지!"

　이솔이는 챙겨 온 간식을 까서 깜깜이 발밑에 놓아 주었다. 그러고는 깜깜이의 소식을 알려 달라던 사람들의 댓글을 떠올리며 얼른 라방을 시작했다.

🧑 우아, 깜깜이를 또 만났네요!

🧑 어딘지 알려 주면 깜깜이 사료를 보내 줄 텐데.

🧑 다른 고양이 텃세로 깜깜이가 다칠까 봐 겁나네요.

사람들은 너도나도 깜깜이를 걱정하는 따뜻한 의견을 보내왔다. 보이지는 않지만 사람들과 대화하는 기분이었다. 더는 혼자라는 생각도 들지 않았다. 구독자와 소통하는 유명 유튜버들의 모습이 떠올랐다. 구독자가 천 명, 아니 만 명이 넘는 사람도 많았다.

'나도 나중에 유명한 유튜버가 되고 싶다.'

이솔이는 영상에 달린 댓글을 보며 작게 웃었다. 그때 깜깜이가 간식을 다 먹고 배가 부르다는 듯 기지개를 켰다. 깜깜이는 기분이 좋아져 애교를 부리다가 어제 그 골목 안으로 잽싸게 달아났다.

'어디로 갔지?'

이솔이는 깜깜이가 달아난 골목으로 휴대폰을 들고 따라가 보았다. 그때였다. 막다른 골목 끝자락에 윤지 패거리 몇몇이 몰려 있는 게 보였다.

'뭐지?'

이솔이가 숨죽인 채 그 모습을 바라보았다.

"언니, 저 돈 없어요. 정말 없어요. 지난번에도 언니들이 다 가져갔잖아요."

그런데 울먹이는 아이의 모습이 어딘가 낯익었다.

'앗, 저 애는 사라잖아?'

사라는 이솔이네 옆 하늘빌라에 사는 3학년 여자아이였다. 이솔이는 가슴이 마구 떨리며 화가 났다.

'일단 저 모습을 자세히 찍어야 해.'

이솔이는 숨을 죽인 채 라이브 방송을 시작했다. 곧 강윤지가 윽박지르는 목소리가 또렷하게 들려왔다.

"너, 거짓말하는 거지? 가방 이리 줘 봐."

이솔이는 얼결에 윤지가 사라의 가방을 뒤지는 모습, 돈을 찾아내고 기뻐하는 모습과 울먹이는 사라의 모습을 카메라에 담았다.

> 🙂 지금 뭐 하는 거임?
> 🙂 못된 아이들이 돈을 빼앗고 있는 거 같음.
> 🙂 학폭 아님? 저런 현장을 생생하게 보여 주다니. 대단하다!

사람들의 대화가 빠르게 올라갔다. 그중에는 이솔이에게 좀 제대로 찍으라며 화내는 사람도 있었다.

> 🙂 얼굴을 좀 더 확대해서 선명하게 찍어 봐요.
> 🙂 초등학생 같은데 너무한 거 아니야?
> 🙂 요즘 초딩 무섭네요.

사람들이 아무리 다그쳐도 이솔이는 더 가까이 다가가서 촬영할 엄두가 나지 않았다.

이솔이는 더럭 겁이 났다.

'저 아이들에게 들켰다가는 무슨 일을 당할지 몰라.'

그 자리에 더 있다가는 윤지 패거리에게 들킬까 봐 이솔이는 서둘러 라방을 끄고 자리를 피했다.

'나 대신 어린 사라의 돈을 빼앗고 있었다니.'

몸이 부르르 떨렸다. 그 아이들은 약속대로 이솔이의 돈은 빼앗지 않았다. 그 대신 반 아이들 앞에서 은근히 이솔이를 괴롭히고 약 올렸다.

어느 날은 이솔이가 교실에 들어서자마자 윤지가 큰

소리로 외쳤다.

"너희, 우리 반 개근 거지가 누군지 아니?"

'개근 거지'는 학기 중에 한 번도 체험 학습을 다녀오지 않은 아이를 일컫는 말이었다.

빛나가 능청스레 말했다.

"한이솔이잖아."

윤지는 턱 끝으로 이솔이를 가리키며 속닥거렸다.

이솔이의 얼굴이 화끈 달아올랐다. 사실 이솔이는 해외여행을 다녀온 적이 없다. 다른 아이들이 해외여행을 다녀왔다며 SNS에 사진을 올리고 자랑하는 걸 구경했을 뿐이다. 딱히 여행 가고 싶지도 않고 힘들게 일하는 엄마, 아빠를 생각하면 해외여행이 꼭 필요하다는 생각이 들지도 않았다.

이솔이는 윤지에게 반박하고 싶었지만, 차마 입이 떨어지지 않았다.

'하긴 뭐, 강윤지 말도 맞네.'

이솔이는 얼굴이 빨개진 채 고개를 푹 숙였다.

그때였다. 뒷자리에 앉아 있던 김한결이 벌떡 일어나 웃지도 않고 낮은 목소리로 윤지에게 따지듯 말했다.

"야, 강윤지. 학교 빠지고 체험 학습 핑계로 여행 다녀온 게 자랑이라도 돼? 그럼 나도 결석 한 번 안 하고 꼬박꼬박 학교에 나왔으니 개근 거지겠네?"

그러고는 윤지를 똑바로 쳐다보았다. 그러자 윤지는 어이없다는 듯 콧방귀를 뀌었다.

"야, 누가 너한테 그랬어? 난 그냥 웃자고 말한 거야. 네 일도 아닌데 나서지 마."

한결이가 나서서 이솔이의 편을 들자 모두 의아하다는 표정이었다.

한결이가 윤지를 보며 다짐시키듯 말했다.

"한 번만 더 그런 소리 하면 그땐 가만 안 있을 거야, 알았어?"

윤지가 헛웃음을 지으며 큰소리쳤다.

"김한결, 네가 한이솔 대변인이라도 되냐? 가재는 게 편이라더니. 너네 웃긴다."

한결이와 윤지의 싸움을 지켜보던 아이들이 당황해하는 강윤지를 보고 참았던 웃음을 터뜨렸다.

이솔이의 얼굴이 붉어졌다. 궁지에 몰렸을 때 누군가 자기 편을 들어 주리라곤 생각지도 못했기 때문이다.

특히 반에서 꼭 필요한 말만 하고 맡은 일을 열심히 하는 한결이가 말해서 그런지 더욱 든든하게 느껴졌다.

이솔이는 속으로 중얼거렸다.

'한결아, 고마워.'

그 일을 떠올리자 이솔이는 어떻게든 윤지를 혼내 주고 싶었다. 하지만 겁이 나고 마땅한 방법도 떠오르지 않았다.

며칠 후 이솔이는 동생 이루의 생일을 맞이해 생일 카드와 파티 용품을 사러 동네 팬시점으로 향했다.

'음, 뭐가 좋을까?'

이솔이는 재미있고 기발한 물건을 찾아 두리번거렸다. 그곳에는 생일 파티나 핼러윈 행사에 쓰는 반짝이 모사부터 마술 지팡이, 화려한 안경, 각종 풍선, 화관 같은 용품이 여럿 있었다.

그때였다. 가면과 마스크가 모여 있는 코너로 간 이솔이는 퍼뜩 한 가지 생각이 떠올랐다.

이솔이는 두근거리는 마음으로 가면과 마스크를 하나하나 들추어 보았다.

31

'영화나 드라마를 보면 주인공이 마스크나 가면을 쓰고 다니며 악당을 물리치기도 하잖아. 그럼 나도?'

이것저것 뒤적이던 이솔이는 호랑나비 마스크를 찾아냈다. 머리까지 뒤집어쓰는 동물 가면보다 쓰고 벗기 편하게 생긴 게 마음에 들었다.

'그래, 이거야!'

이솔이는 나비 마스크를 사 들고 부리나케 집으로 돌아왔다. 그러고는 가족이 볼까 봐 방문을 꼭 걸어 잠그고 거울 앞에서 마스크를 써 보았다. 나비 마스크는 얼굴이 다 가려질 만큼 컸다.

'이걸 쓰면 내가 누군지 아무도 모르겠지?'

마스크를 쓰니 왠지 모르게 용기가 생기는 듯했다.

다음 날, 수업을 마친 윤지와 빛나가 교실에서 나가자 이솔이도 자리에서 일어났다.

'오늘도 무슨 일을 저지를지 몰라.'

이솔이가 살그머니 그 뒤를 쫓았다. 윤지와 빛나가 학교 놀이터에서 기다리던 나은이를 만나 까르르 웃으며 교문을 빠져나갔다.

십 분쯤 따라갔을까. 세 아이는 조용한 골목길에 멈춰 선 채 누군가를 기다렸다. 이솔이는 얼른 쓰레기통 뒤에 몸을 숨겼다. 그때 한 남자아이가 골목길 쪽으로 걸어가는 게 보였다.

'앗, 쟤는 단우잖아? 우리 반 장단우!'

장단우는 인도네시아인 엄마와 한국인 아빠 사이에서 태어난 아이였다.

이솔이는 언젠가 같은 반 아이들이 단우네 집을 지나며 단우 엄마를 보고 입을 모아 말했던 것을 떠올렸다.

"우아, 단우 엄마 꼭 배우 같다!"

화려한 옷을 입어서인지 더 눈에 띄었다.

아이들이 단우네 집을 가리키며 수군거렸다.

"저기가 단우네 집이래. 집도 엄청 넓고 마당에 수영장도 있대."

이솔이는 같은 반 친구들이 했던 말을 떠올리며 불안한 마음으로 단우와 아이들을 바라보았다.

'혹시 쟤네들이 단우 용돈까지 빼앗으려는 건 아니겠지?'

아니나 다를까 단우가 가까이 가자 두 팔을 활짝 벌려

막아서는 게 보였다.

"장단우, 안녕!"

윤지와 빛나는 마치 친한 친구라도 되는 것처럼 인사를 건넸다.

'뭘 하려고 저러지?'

이솔이는 얼른 가방에서 나비 마스크를 꺼내 쓰고 라이브 방송을 시작했다.

- 🙂 나비 마스크다!
- 🙂 저 아이들은 누구지? 지난번에 봤던 그 애들 같은데?
- 🙂 이번에도 돈을 빼앗으려는 걸까?
- 🙂 초딩들이 정말 겁이 없구나?
- 🙂 당장 거기가 어딘지 밝혀! 저런 아이들은 혼을 내 줘야 한다.

라방을 시작하자마자 흥분한 사람들이 하나둘 채팅을 시작했다. 이솔이는 더 자세한 장면을 찍으려고 한 발짝 한 발짝 가까이 다가갔다. 윤지 패거리의 목소리가 라방에 담기기 시작했다.

"장단우, 우리가 부탁한 거 가져왔어? 빨리 내놔."

단우가 가방에서 무언가를 꺼내며 간절하게 말했다.

"이거 빌려주는 거야. 꼭 돌려줘야 해, 알았지?"

"알았다고, 돌려준다니까!"

윤지는 행여 단우가 말을 바꿀까 물건을 빠르게 가로 챘다. 그러고는 마치 목적을 달성했다는 듯 어깨를 들 썩이며 골목에서 빠져나갔다. 단우는 그 아이들이 사라 지는 모습을 멀거니 바라볼 뿐이었다.

그러자 이번에도 이솔이를 비난하는 채팅이 마구 올 라오기 시작했다.

🔵 뭘 빼앗는 거지?

🔵 나비 마스크, 그대로 보고만 있으면 어떡함?

🔵 겁쟁이 아님? 이왕 시작했으면 끝을 봐야지.

사람들이 이솔이를 닦달했지만, 이솔이는 차마 그 아 이들 앞에 모습을 드러낼 자신이 없었다. 라방을 보는 사람들이 비겁하다며 아무리 욕하고 손가락질해도 그 아이들과 마주칠 생각을 하면 다리가 후들후들 떨리고 겁이 났다.

'비겁하다고 해도 내가 뭘 어떡하겠어…….'

이솔이는 얼른 나비 마스크를 벗어 가방에 넣고 골목을 벗어났다.

3 • 나에게는 비밀이 있다

수업이 끝나고 과학실에서 교실로 돌아오니 단우가 억울한 표정으로 윤지에게 따지고 있었다.

"돌려주기로 했잖아. 왜 안 주는데?"

이솔이는 숨을 죽인 채 단우와 윤지를 번갈아 보았다.

"무슨 소리야? 나는 무슨 말인지 모르겠는데? 빛나 너는 무슨 말인지 알아?"

빛나는 아무것도 모르는 사람처럼 두 손을 들어 올리고 어깨를 으쓱였다. 그러자 단우는 두 주먹을 꼭 쥔 채 씩씩거렸다.

"너희가 내 게임기 빌려 갔잖아."

"우리가? 네 게임기를 빌려 갔다고? 정말 어이없네. 내가 언제? 생사람 잡지 마."

"누가 본 사람이라도 있어?"

윤지와 빛나는 아무것도 모른다는 표정을 지으며 도리어 단우를 탓했다.

"며칠 전에 빌려 가 놓고 딴소리하는 거야? 빨리 돌려 줘!"

윤지가 단우 옆으로 바짝 다가가더니 속삭였다.

"장단우, 혹시 교실에 두고 간 거 아니야? 누가 훔쳐 갔는지도 모르잖아. 내가 보니까 며칠 전에 김한결 혼자 교실에 늦게까지 남아 있던데."

단우는 화가 나서 부르르 몸을 떨었다.

"뭐? 말도 안 돼. 네가 가져갔으면서 다른 사람에게 덮어씌우다니!"

자기 이름이 오르내리자 한결이도 분해서 어쩔 줄 몰랐다.

"강윤지, 지금 내가 도둑이라는 거야? 만약 단우 게임기를 가져간 게 너라는 게 밝혀지면 그땐 정말 가만 안 있을 거야."

'정말 뻔뻔하다. 내가 두 눈으로 똑똑히 봤는데 저런 터무니없는 거짓말을 하다니. 처음부터 게임기를 돌려 줄 생각이 없었던 게 분명해.'

이솔이는 당장이라도 달려가 라방을 보여 주고 싶었지만 꾹 참았다. 그러고는 씩씩거리는 한결이와 단우를 바라보며 생각했다.

'단우야, 한결아. 속상해하지 마. 곧 진실이 밝혀질 테니까.'

참 이상한 일이었다. 이솔이는 나비 마스크를 쓰면 마치 다른 사람이 된 것 같았다. 맨얼굴로는 무서워서 벌벌 떨던 일도 나비 마스크를 쓰면 알 수 없는 용기가 생겼다.

이솔이는 라이브 방송을 하면서 몰랐던 사실도 알게 되었다. 의외로 많은 아이가 학교나 학교 밖에서 예전의 이솔이나 지금의 사라, 단우처럼 돈을 빼앗기거나 괴롭힘에 시달리고 있다는 것이다.

그중 한 명이 바로 같은 반 이하나였다. 하나는 공부도 잘하고 누구보다 야무진 아이였다. 밝고 친절해서 주변에 친구가 많았다. 쉬는 시간이나 체육 시간에 남자 아이들과 축구를 할 만큼 운동도 잘했다.

그런 하나가 얼마 전 윤지의 눈 밖에 나는 사건이 벌어졌다. 나도율 때문이었다. 나도율은 축구나 농구 같은 운동뿐만 아니라 학교 대표로 과학 경시대회에 나가 상을 받을 만큼 과학에도 실력 있는 아이였다.

"도율이는 우리 학교 스티브 잡스야."

아이들은 컴퓨터가 고장 나거나 모르는 게 있으면 도율이에게 달려가 도움을 요청하곤 했다. 마치 척척박사처럼 아이들이 원하는 걸 다 가르쳐 주었다. 반 아이들 모두가 좋아하는 인기 있는 아이였다.

때때로 윤지도 도율이에게 초콜릿이나 과자를 주면서 다정하게 말을 걸었다.

"도율아, 이거 먹을래?"

그러자 윤지가 도율이를 좋아한다는 소문이 빠르게 퍼져 나갔다. 윤지가 도율이에게 놀이공원에 가자고 했다가 거절당했다거나 고백하는 메시지를 보냈는데도 읽고 아무런 답도 없었다는 소문이었다.

"설마 강윤지가 나도율 좋아하는 거 아냐?"

"나도율이 강윤지를 좋아하겠니?"

"강윤지, 엄청 열 받았겠다. 큭큭."

아이들은 요즘 모이기만 하면 도율이와 윤지에 대해 수군거렸다. 그런데 얼마 지나지 않아 사건이 벌어지고 말았다.

이솔이와 같은 반인 호영이가 교실로 들어와 속보라도 되는 듯 크게 소리쳤다.

"나 어제 세븐스타 콘서트에 갔다가 이하나랑 나도율이 같이 온 거 봤어. 둘이 엄청 다정해 보이더라."

아이들이 소리를 지르며 야단을 떨었다.

"뭐, 진짜?"

"언제부터 사귄 거지? 몰랐네."

"세븐스타 콘서트면 티켓 구하기 하늘의 별 따기인데 어떻게 갔지? 티켓도 비싸고."

"하나 아빠가 세븐스타 소속사인 우주기획 프로듀서 잖아. 이하나가 구했겠지."

"강윤지 알면 엄청 짜증 나겠다."

그 소문이 윤지 귀까지 들어간 게 분명했다. 강윤지는 도율이와 하나만 보면 눈을 흘기곤 했다. 그날부터 그 아이들에 대한 소문이 하나씩 늘어났다. 그럴싸한 소문

도 있지만, 터무니없는 소문이 대부분이었다.

"뭐? 이하나랑 나도율이 손을 잡고 다닌다고?"

"둘이 같은 반지도 끼고 있다는데?"

소문은 점점 눈덩이처럼 불어났다. 알고 보니 그 소문은 대부분 한 사람이 퍼뜨린 거였다. 바로 윤지였다. 윤지는 어떻게든 하나를 궁지에 몰아넣고 싶은 사람처럼 보였다.

그러던 어느 날, 윤지를 흘겨보던 하나가 자리를 박차고 일어났다. 윤지 자리로 향한 하나는 떠도는 소문에 대해 따지고 들기 시작했다.

"네가 나에 대해 거짓 소문 퍼뜨리는 거 다 알아. 친한 친구끼리 콘서트 간 게 무슨 잘못이라도 돼?"

하나의 말에 윤지가 콧방귀를 뀌며 말했다.

"도둑이 제 발 저린다더니, 괜히 생트집이네."

"강윤지. 너, 조심해. 나야말로 네가 무슨 짓을 하고 다니는지 다 알고 있으니까."

하나도 지지 않고 받아쳤다.

"협박하는 거야? 내가 뭘 하고 다니는데?"

윤지가 당황한 얼굴로 으름장을 놓았다.

"말 지어내지 마."

수업이 끝나자 윤지와 빛나가 서로 눈짓을 주고받더니 하나에게 다가갔다.

"너, 나랑 이야기 좀 해."

하나도 지지 않고 두 눈을 똑바로 떴다.

"무슨 이야기? 할 말 있으면 여기서 해."

"진짜 여기서 할까? 다른 아이들이 들으면 난처할 텐데?"

윤지가 이죽거리며 하나를 몰아붙였다. 그러자 하나는 마지못해 자리에서 일어나 윤지와 빛나를 따라갔다.

어쩐지 무슨 일이 벌어질 것만 같은 예감이 들었다. 도율이 자리를 흘깃 쳐다보았지만, 도율이는 수업이 끝나자마자 벌써 나가고 없었다.

'왜 저러지?'

이솔이는 얼른 가방을 챙겨 그 뒤를 따랐다. 그때 윤지가 4층 이동 수업 교실로 하나를 데리고 들어가는 게 보였다. 수업이 다 끝나서인지 선생님도 지나가는 아이도 없었다.

이솔이는 가방에서 휴대폰과 나비 마스크를 꺼냈다.

혹시라도 윤지 패거리가 자신을 알아볼까 봐 얼른 마스크를 쓰고 촬영을 시작했다.

　윤지가 얄미운 웃음을 지으며 이하나에게 무언가를 내밀었다.

　'저게 뭐지?'

　그걸 본 하나도 깜짝 놀라 당황한 표정을 지었다. 하지만 문이 닫혀 있어서 도무지 뭐라고 말하는지 들리지 않았다.

　'아, 답답해.'

　이솔이는 안타까운 마음으로 휴대폰 카메라를 유리창에 바짝 가져다 댔다. 윤지가 손에 무언가를 든 채 비웃는 얼굴로 하나를 몰아붙이고 있었다. 하나는 윤지 손에 든 걸 빼앗으려 팔을 높이 들고 안간힘을 썼다.

　🔘 저건 무슨 상황이지?
　🔘 협박당하는 건가?
　🔘 자세히 좀 찍어!
　🔘 아, 답답해. 나비 마스크님, 제발 잘 좀 찍으세요.

사람들이 답답하다는 듯 마구 메시지를 보냈다. 그때 하나만 남겨 두고 윤지와 빛나가 이동 수업 교실을 나서는 모습이 보였다. 이솔이는 서둘러 나비 마스크를 벗어 챙기고는 아래층으로 향했다.

'도대체 강윤지가 뭘 보여 주었기에 하나가 그걸 뺏으려 한 거지?'

아무리 추리해 보아도 알 수 없었다. 하나가 꼼짝 못할 무언가를 강윤지가 가지고 있다는 것밖에는.

윤지는 그날 이후부터 하나를 괴롭히는 재미로 학교에 오는 것 같았다. 평소보다 학교에 일찍 도착한 이솔이는 흠칫 놀랐다. 어쩐 일인지 윤지와 빛나도 학교에 와 있었다.

윤지가 선심 쓰듯 말했다.

"귀염둥이, 한이솔. 요즘 잘 지내지? 혹시 누가 괴롭히면 나한테 말해. 내가 너한테 빚진 게 있으니까."

이솔이는 아무 대꾸도 하지 않고 자리에 앉았다.

그 순간 무심코 칠판을 쳐다보던 이솔이는 자기도 모르게 흠칫 놀랐다.

나도율 ♡ 이하나

  칠판에는 윤지가 해 놓은 게 분명한 유치한 낙서가 있었다. 윤지는 어떻게든 하나를 골탕 먹이고 싶은 모양이었다.

  이솔이는 벌떡 일어나 칠판에 적힌 낙서를 지우고 싶었지만, 그럴 용기는 없었다. 아이들이 윤지가 해 놓은 낙서를 보며 괜히 히죽거렸다.

  그때 아무것도 모르고 교실로 들어오던 도율이를 보며 아이들이 킥킥 웃어 댔다.

  도율이는 자기를 보고 웃어 대는 아이들을 향해 너스레를 떨며 말했다.

  "왜, 내 얼굴에 뭐라도 묻었냐?"

  아이들을 둘러보며 자리로 돌아가던 도율이는 그제야 칠판에 써 있는 낙서를 발견했다. 도율이는 어이없다는 듯 큰 소리로 말했다.

  "야, 강윤지. 너지? 너 정말 별로다. 네가 아무리 그래도 우리는 아무렇지도 않아."

  그 말에 아이들의 눈이 일제히 도율이를 향했다.

"우리라고?"

때마침 교실로 돌아온 하나가 이상한 낌새를 눈치챈 듯 아이들과 도율이를 번갈아 바라보았다.

이솔이는 도율이와 하나를 보며 속으로 중얼거렸다.

'이하나, 그래도 넌 좋겠다. 도율이 같은 든든한 친구가 있어서.'

4 · 정의의 라방이 나타났다!

다음 날, 미술 학원이 끝나고 집으로 가려던 찰나 어디선가 낮은 목소리가 들려왔다. 무심코 유리창으로 밖을 내다보던 이솔이는 흠칫 놀랐다. 상가 뒤편에 윤지와 빛나가 고개를 푹 숙인 채 중학생 오빠들에게 붙잡혀 있었다. 어디서나 잘난 척하고 센 척하던 아이들이 고양이 앞의 쥐 같은 모습이었다.

'무슨 일이지?'

이솔이는 아래층으로 살금살금 내려갔다. 얼른 나비 마스크를 꺼내 쓰고, 상가 뒤에 수북이 쌓인 상자 뒤에 숨어 라이브 방송을 시작했다.

"이번에도 없다고?"

"죄송해요. 돈이 없어요."

윤지는 고개를 푹 숙인 채 쩔쩔맸다. 그러자 중학생 오빠들은 윤지와 빛나를 금방이라도 때릴 듯 험악한 얼굴로 다그쳤다.

"돈이 없으면 어디서든 구해 와야지, 안 그래?"

"너네, 우리 말 무시해?"

무섭게 다그치자 윤지가 울먹이며 사정했다.

"그게 아니라 정말 돈이 없어요. 이젠 돈이 나올 아이도 없고요. 이미 소문이 퍼졌는지 아이들이 우리를 보면 슬금슬금 피해 버린다고요."

"핑계 대지 마."

말이 끝나기 무섭게 안경을 쓴 중학생 오빠가 손을 번쩍 들어 올렸다.

윤지와 빛나가 눈물을 훔치며 말했다.

"정말이에요!"

"우린 아직 초등학생이고, 오빠들은 중학생이니까 상황이 다르다고요."

"야, 가방 이리 줘 봐."

키 큰 오빠가 윤지의 가방을 강제로 빼앗아 뒤지기 시작했다. 그 오빠는 눈을 반짝이며 윤지의 가방 안에 들어 있던 게임기를 꺼냈다.

"이런 좋은 게 있으면서 왜 말 안 했냐? 오늘은 이걸로 봐 준다."

"다음에 또 보자."

중학생 오빠들이 싱글벙글 웃으며 골목 밖으로 유유히 사라져 갔다.

🧑 저거 지난번에 어떤 초딩한테 빌린 게임기 아님?

🧑 중딩이 초딩을 협박해서 게임기 훔쳐 가는 거야?

🧑 와, 정말 무서운 세상이다.

🧑 나비 마스크, 뭐가 무서워서 라방 뒤에 숨어 있는 거임? 비겁하게.

🧑 이렇게 보여 주기만 하면 할 일 다했다고 생각하는 건가?

사람들이 쉴 새 없이 의견을 보내왔다. 당하는 아이를 돕지 않고 촬영만 하고 있다며 이솔이를 비난하는 글도

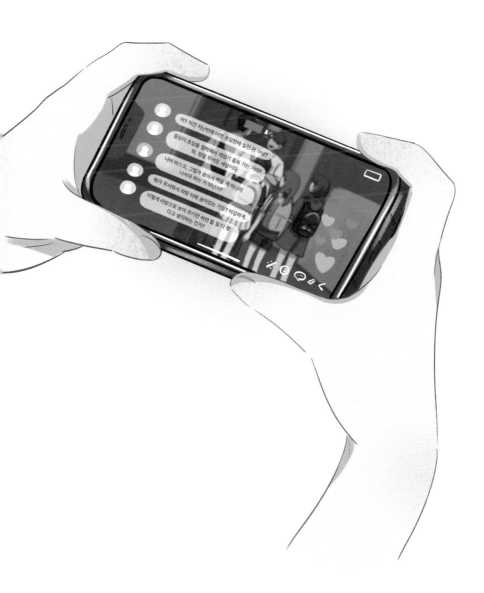

있었다.

중학생 오빠들에게 당한 것이 분하고 억울한지 윤지가 땅바닥을 마구 차며 소리쳤다.

"빛나야, 저 오빠들하고 이제 그만 놀고 싶은데 어떻게 하지?"

"우리가 말없이 안 나타나면 학교까지 찾아올걸?"

"무슨 방법 없나?"

윤지와 빛나는 바닥에 떨어진 가방을 정리하더니 어두운 얼굴로 중얼거리며 이솔이 쪽으로 다가왔다. 이솔이는 얼른 휴대폰을 가방에 쑤셔 넣고 허둥지둥 자리를 떠났다.

집에 돌아왔지만 덜덜 떨리는 마음은 좀처럼 가라앉지 않았다.

'그 아이들도 중학생 오빠들에게 시달리고 있었다니.'

다른 아이들 앞에서 그토록 당당하던 윤지와 빛나가 중학생 오빠들 앞에서 쩔쩔매는 것을 이솔이는 도저히 믿을 수 없었다.

그날 저녁, 휴대폰을 만지작거리던 이솔이는 자기도

모르게 꽥 소리를 질렀다.

"도대체 누, 누가 이런 걸!"

누군가 이솔이의 라방을 짧은 영상으로 편집해 SNS에 올려 놓았다. 보고 또 봐도 이솔이의 라이브 방송 영상이 틀림없었다. 그중에는 윤지가 다른 친구들 돈을 뺏는 영상도 있었다.

짧게 편집되었기 때문인지 그 영상은 이솔이가 라방을 할 때보다 훨씬 많은 조회 수를 기록했다. 댓글도 빠르게 늘어나고 있었다.

- 나비 마스크? 초딩처럼 보이는데 용감하네요.
- 가해자 얼굴이 흐릿하게 보이는 게 아쉽다.
- 혹시 나비 마스크가 저 아이들을 두려워하는 게 아닐까? 그래서 일부러 흐릿하게 찍는 듯.
- 정면에서 찍어 주지.
- 다시는 나쁜 짓 못 하도록 신고해야 한다.
- 명백한 학폭. 빨리 가해자들을 찾아내 벌을 받게 해야 한다.
- 오, 정의의 라방이네?

그중에는 간판이나 주변을 검색해 장소를 찾아내려는 사람들도 있었다.

🔵 앗, 저긴 내가 다니던 강산초 근처 같은데?

🔵 저 상가 하늘 신도시에 있는 보람상가 아닌가?

🔵 그렇다면 그 근처 학교?

"세상에!"

이솔이는 숨이 멎을 듯 놀랐다. 사람들이 금방이라도 이솔이네 동네와 학교를 찾아낼 것만 같았다. 이솔이는 갑작스레 나타난 짧은 영상과 댓글을 보자 더럭 겁이 났다.

'누군가 나를 찾아내면 어떻게 하지?'

하지만 이솔이의 두려움은 아랑곳없이 편집된 영상이 매일 업로드되었다. 그중에는 이솔이가 처음 촬영했던 깜깜이 영상도 있었다.

'도대체 누가 올리는 거지? 혹시 이 사람은 내가 누군지 알고 있는 게 아닐까?'

이솔이는 누군가 자기가 하는 일을 엿보고 있을지 모

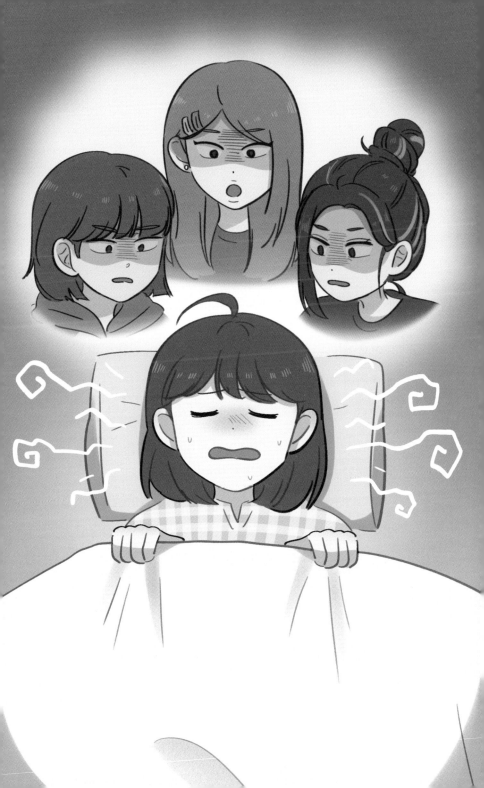

른다는 생각에 온몸이 벌벌 떨려 왔다.

잠을 잘 때도 누군가 자신을 쫓아오는 악몽을 꿨다. 꿈속에 나타나는 사람은 윤지였다가 빛나, 나은이였다가 중학생 오빠로 바뀌었다.

"너지? 네가 찍은 영상이지?"

"한이솔, 겁도 없이 우릴 찍다니."

"아니야, 나 아니야! 내가 아니라고!"

이솔이는 어둠 속을 마구 달아나다가 소리를 지르며 잠에서 깼다. 온몸에 땀이 흥건했다. 이솔이 목소리에 깜짝 놀라 잠에서 깬 이루가 물었다.

"누나, 왜 소리 질러?"

이솔이는 맞은편 침대에 누워 있는 이루를 보며 침착하게 대답했다.

"무, 무서운 꿈을 꾸어서 그래. 괜찮으니까 너도 얼른 다시 자."

하지만 꿈에서 깨고 난 다음에도 자꾸만 몸이 덜덜 떨려 왔다.

이솔이가 학교에 도착했을 때, 같은 반 아이들이 머

리를 맞대고 무언가를 함께 들여다보고 있었다. 민규가 옆에 있던 아이들에게 휴대폰 화면을 보여 주자 멀리 있던 아이들까지 하나둘 민규 옆으로 몰려들었다.

민규가 휴대폰 속 영상을 가리키며 말했다.

"얘들아, 이 영상 좀 봐. 어딘가 좀 낯익지 않아?"

"뭔데?"

"여기 나오는 애, 강윤지 아니야?"

"그러고 보니 진짜 강윤지 같은데? 목소리도 그렇고."

"이건 이빛나 같기도 하고."

"그러게. 맞는 것 같아."

"누가 촬영한 걸까?"

민규가 고개를 갸우뚱하고는 영상을 뚫어지게 바라보았다.

이솔이는 자리에 앉아 고개를 푹 숙였다.

'어떡하지? 정말 이렇게 들키고 마는 걸까?'

반 아이들이 영상의 존재를 알게 됐으니 머지않아 윤지도 이 영상을 보게 될 게 뻔했다.

이솔이의 예상대로 얼마 지나지 않아 영상은 점점 더 조회 수가 늘어났다. 사람들은 영상 속 등장인물은 물

론이고 영상을 찍은 나비 마스크가 누구인지 밝혀내려 야단이었다.

그러던 어느 날 누군가 교실 문을 벌컥 열고는 큰 소리로 외쳤다.

"그 라방, 강윤지 패거리 맞대!"

"그럴 줄 알았어. 매일 어울려 다니더니 이런 나쁜 짓이나 하고."

"그럼 나비 마스크도 우리 학교 다니는 애 아닐까?"

"헐, 그렇겠다. 가까이에서 그 아이들을 지켜본 아이일 테니까. 대체 누구지?"

"혹시 우리 반 아닐까?"

아이들은 고개를 갸우뚱하며 서로 바라보았다.

라방을 할 때 얼굴이나 목소리가 나오지 않도록 조심했지만 그래도 불안했다. 나비 마스크가 자신이라는 것이 밝혀지면 윤지와 중학생 오빠들까지 이솔이를 찾아올지도 몰랐다. 이솔이의 몸이 절로 움츠러들었다.

수업이 시작되었지만, 이솔이의 귀에는 담임 선생님 목소리가 하나도 들리지 않았다.

'이제 라방을 그만둘 때가 온 걸까?'

이슬이는 "꼬리가 길면 밟힌다."는 속담을 떠올렸다.
라이브 방송을 더 했다가는 자기가 누구인지 금방이라
도 들킬 것 같았다.

5 · 밝혀지는 진실

이솔이는 침대에 누운 채 열에 들떠 중얼거렸다.

"이제 내가 나비 마스크라는 걸 알아내는 건 시간문제일 거야. 어떡하지?"

며칠 내내 긴장해서인지 몸살에 걸린 것처럼 열이 나고 온몸이 덜덜 떨렸다. 이솔이는 투명 망토를 두르고 이 세상에서 사라져 버리고 싶었다. 윤지 패거리가 온갖 욕설을 퍼붓고 윽박지르며 괴롭히는 장면을 상상하는 것만으로도 두려웠다.

일을 마치고 온 엄마가 깜짝 놀라 이솔이의 이마를 짚으며 소리쳤다.

"이슬아, 갑자기 왜 이렇게 열이 나는 거야? 감기 걸렸니, 응?"

이슬이가 힘없는 표정으로 엄마를 쳐다보았다.

"안 되겠다. 어서 병원에 가자, 얼른!"

엄마가 이슬이를 일으켜 병원에 데려갔다. 의사 선생님은 이슬이가 몸살에 걸렸다고 했다. 집에 도착하자마자 엄마는 이슬이의 이마에 물수건을 올려 주고, 약을 먹였다. 엄마, 아빠가 일하러 가면 집에 돌봐 줄 사람 없이 이슬이와 이루 둘만 있는 걸 늘 안타까워하던 엄마였다.

엄마는 침대에 누워 있는 이슬이를 보고 한숨을 푹 내쉬었다.

"이슬아, 오뉴월 감기는 개도 안 걸린다는데 어쩌다가 이 지경이 된 거야."

엄마의 따뜻한 목소리에 이슬이의 두 뺨에 뜨거운 눈물이 흘러내렸다.

"많이 아파? 병원 다녀왔으니 곧 나을 거야. 한숨 푹 자고 일어나렴. 엄마가 죽 끓여 놓을게."

엄마가 다정한 목소리로 이슬이를 다독였다. 이슬이

는 부엌으로 향하는 엄마의 옷자락을 힘없이 붙잡았다. 이제 더 이상 혼자 해결할 수 있는 일이 아니라는 생각이 들었기 때문이다.

이솔이가 망설이다 입을 열었다.

"엄마, 있잖아……."

엄마가 침대 옆에 걸터앉으며 물었다.

"뭐 필요한 거라도 있니? 물 가져다줄까?"

이솔이는 엄마에게 모든 사실을 털어놓고 싶었다. 하지만 아직 시간이 필요했다. 겁이 나긴 하지만 그 아이들이 다른 아이들을 괴롭히는 모습을 더 알려야 할 것만 같았다.

이솔이는 말을 꺼내려다가 다시 입을 꾹 다물었다.

"죽 말고 다른 거 해 줄까?"

"아냐. 시원한 물, 물 좀 마시고 싶어."

그제야 엄마는 긴장을 풀고 부엌으로 향했다.

다음 날, 이솔이는 간신히 마음을 다잡고 학교로 향했다. 윤지가 이솔이를 따라 건들건들 교실로 들어왔다. 윤지는 요즘 들어 한껏 멋을 내고 다녔다. 커다란 귀걸이에 찢어진 청바지를 입고 화장을 했다. 빛나, 나은이도 마찬가지였다.

이솔이는 윤지의 표정을 살폈다. 평소와 크게 달라지지 않은 걸 보니 아직 영상을 보지 못한 게 틀림없었다.

그런데 윤지가 미처 가방을 내려놓기도 전에 같은 반 최미주가 윤지 옆으로 다가갔다. 윤지는 가소롭다는 듯 미주를 바라보았다.

"왜, 할 말 있어?"

미주는 강산초 5학년 중 가장 인기 있는 아이였다. 밝고 당당한 미주는 윤지처럼 화장하거나 목소리 높이지 않고도 다른 사람의 관심을 집중시키는 힘이 있었다. 샘이 많은 윤지는 그런 미주를 볼 때마다 괜히 못되게 굴곤 했다.

미주가 윤지에게 휴대폰을 내밀었다.

"강윤지, 이거 너지?"

"뭔데 그래?"

윤지는 귀찮다는 듯 미주가 내민 휴대폰을 심드렁한 표정으로 바라보더니 불에 덴 듯 펄쩍 뛰며 소리쳤다.

"무, 무슨 소리야? 내가 왜 이런 짓을 하겠어!"

미주는 마치 탐정처럼 윤지를 아래위로 훑어보며 물었다.

"그러게. 네가 다른 아이들 돈이나 물건을 빼앗는 못된 행동을 하는 이유는 나도 모르지. 너 대체 왜 이러고 다니는 건데?"

"야, 최미주. 나 아니라니까. 나랑 비슷해 보여도 이건 나 아니야. 네가 사람 잘못 본 거야."

윤지는 정도 이상으로 깜짝 놀라며 손사래를 쳤다. 누가 봐도 펄쩍 뛰며 반응이 큰 게 어딘가 어색해 보였다.

이솔이는 떨리는 마음으로 두 사람을 지켜보았다. 윤지의 이글거리는 눈빛을 보니 금방이라도 나비 마스크가 이솔이라는 걸 알아낼 것만 같았다.

"이게 네가 아니라고? 옆에 있는 애들은 너랑 날마다 붙어 다니는 이빛나랑 오나은이잖아. 이래도 발뺌할래? 다른 아이들한테 너인지 아닌지 한번 물어볼까?"

미주는 휴대폰을 들고 어이가 없다는 듯 아이들을 둘러보았다. 마치 다른 아이들의 확인을 받으려는 듯이.

그러자 강윤지는 도리어 큰소리쳤다.

"최미주, 이게 나라는 증거 있어? 너, 가만두지 않을 거야!”

이솔이는 그 순간 4학년 때부터 윤지 패거리에게 당해 온 일을 떠올렸다. 그때는 잘 몰랐지만 이제는 안다. 그건 분명한 학교 폭력이라는 걸.

‘증거가 있는데도 저렇게 잡아떼다니 정말 뻔뻔하다.’

이솔이는 그때의 일을 어떻게든 사과받고 싶었다. 가짜 사과가 아닌 진심 어린 사과, 마음에서 우러나온 사과를.

그리고 그 순간 이솔이는 깨달았다.

‘그래, 두려워해서는 안 돼. 다른 아이들에게 저 아이들의 잘못을 알리려면 라방을 그만두어서도 안 되고. 그게 내가 할 일이야.’

이솔이는 입술을 꼭 깨물었다.

‘자기들이 저지른 일이 밝혀질까 봐 겁이 나겠지.’

학교가 끝난 후 윤지 뒤를 몰래몰래 따라다니던 이솔이는 얼른 손에 들고 있던 휴대폰을 가방에 집어넣었다. 그때 갑자기 앞서가던 윤지가 고개를 홱 돌리더니 뒤따라오던 이솔이 쪽을 바라보았다.

‘앗, 눈치챘나?’

이솔이는 가슴이 쿵 내려앉았다. 그렇다고 이제 와 뒤돌아 도망치면 더 의심할 게 뻔했다. 이럴 수도 저럴 수도 없어진 이솔이는 그 자리에 가만히 멈춰 섰다.

윤지가 잔뜩 의심스러운 눈으로 물었다.

"한이솔, 여기 너희 집 가는 길 아니잖아. 설마 우리 따라온 거야?"

나은이도 눈을 크게 뜨고 따지듯 물었다.

"그러게. 지난번에도 우리 뒤에서 걸어오는 거 봤는데. 그때는 아무 생각 없이 봤는데 오늘 보니까 좀 의심스럽다?"

옆에 있던 빛나까지 윤지와 나은이를 거들었다.

"뭐야? 혹시 영상 찍은 사람, 진짜 너야?"

이솔이는 떨리는 목소리로 대답했다.

"무, 무슨 소리를 하는 거야? 나는 지금 엄마 만나러 가는 길이야."

그러자 빛나가 큰 소리로 마구 웃으며 비아냥댔다.

"야, 우리 말 한마디에 이렇게 벌벌 떠는 애가 무슨 라방을 한다고 그래. 얘는 우리를 찍을 만한 용기도 없어. 괜히 시간 낭비하지 말고 진짜 범인이나 찾자."

빛나랑 나은이가 입술을 비틀며 이솔이를 비웃었다.

"하긴 그렇지. 우리 귀염둥이 한이솔이 그런 일을 할 위인은 못 되지."

윤지는 그제야 환하게 웃으며 말했다.

"가던 길 가 봐."

이솔이는 아무렇지 않은 듯 얼른 그 자리를 피했다. 식은땀으로 등이 흥건했다. 간신히 집에 도착했지만, 어떻게 집까지 왔는지 기억나지 않았다. 무사히 집에 돌아온 것이 다행이라고 생각하면서도 한편으로는 영상을 찍은 사람이 자기라는 것을 알게 되면 그 아이들이 지을 표정을 상상하는 것만으로 짜릿했다.

6 • 너희 누구야?

며칠 후, 수업이 끝나고 집으로 돌아가던 이솔이는 흠칫 걸음을 멈추었다. 미주가 윤지와 빛나, 나은이에게 끌려가다시피 어디론가 가고 있는 게 보였다.

'앗, 미주가 위험해!'

이솔이는 소스라쳤다. 며칠 전 짤막한 영상을 윤지에게 보여 준 다음부터 윤지가 미주를 매서운 눈으로 째려보는 걸 눈치챘기 때문이었다.

'미주를 괴롭히려는 게 틀림없어.'

이솔이는 마음이 조급해졌다. 하지만 지난번에 윤지패거리에게 들킬 뻔한 일을 떠올리자 몸이 저절로 움츠

러들었다.

'미주한테 무슨 일이 생기면 어떡하지? 안 되겠다!'

갈팡질팡하던 이솔이가 용기를 내어 아이들 뒤를 밟기 시작했다. 윤지와 빛나가 마치 친한 친구처럼 양쪽에서 미주의 팔짱을 낀 채 어디론가 데려가고 있었다.

'미주는 왜 저렇게 순순히 따라가는 거지?'

이솔이는 미주가 아무런 반항도 하지 않고 윤지를 따라가는 게 마냥 의심스러웠다.

'따라나 가 보자.'

이솔이는 종종걸음으로 미주와 강윤지를 뒤따랐다.

'어, 저기는?'

윤지가 미주를 데려간 곳은 지난번 중학생 오빠들과 함께 있던 상가 뒤편이었다. 미술 학원, 영어 학원뿐 아니라 피시방과 가게가 모여 있는 상가 뒤쪽은 음산하고 한적했다. 한쪽에는 쓰레기 수거함이 있고 에어컨 실외기가 여기저기 놓여 있었다. 마트에서 내놓은 상자가 어지럽게 쌓여 있었다.

이솔이는 불안한 마음을 안고 조심조심 상가 뒤쪽으로 향했다. 그곳에는 지난번에 보았던 중학생들이 있었다. 중학생 오빠들의 무서운 표정을 본 이솔이는 가슴이 철렁 내려앉았다. 이솔이는 얼른 가방에서 나비 마스크를 꺼내 쓰고 라방을 시작했다.

'놓치지 말고 찍어야 해.'

미주가 위험하다는 생각이 들자 두려움도 사라졌다. 지금 이 장면을 찍어야 한다는 생각뿐이었다.

이솔이는 다급한 마음에 처음으로 목소리를 냈다.

"여러분, 지금 제 친구가 위험합니다. 저 아이들이 제 친구를 끌고 이곳으로 왔어요. 여러분도 이 장면을 함께 지켜봐 주세요!"

👤 설마 학폭 현장을 실시간으로 고발하는 건가?

👤 저 아이들은 지금 자기들을 찍고 있는 걸 모르는 거 아닌가? 그만 찍어야 하는 거 아님?

채팅창에 나비 마스크를 칭찬하는 글과 그만 찍어야 한다는 글이 마구 뒤섞였다. 이솔이는 위험에 처한 친구를 위하는 일이 우선이라고 생각했다.

"오빠, 얘가 바로 우리가 한 일을 다 까발리고 망신 줬다는 아이예요. 우리가 찍힌 영상을 보여 주면서요."

윤지와 빛나가 미주의 팔을 붙잡고 중학생들에게 부탁하듯 말했다.

"혼 좀 내 주세요."

미주가 팔을 뿌리치며 마구 소리쳤다.

"이거 놔. 나한테 화내서 미안하다고, 같이 떡볶이 먹으러 가자고 할 땐 언제고. 이게 뭐야? 너희를 믿은 내가 멍청이다."

"순진하긴. 그 말을 곧이곧대로 믿었니? 우리가 그런 망신을 당하고 가만있을 줄 알았어?"

"너, 오늘 죽었어!"

윤지와 나은이는 미주의 팔을 양쪽에서 단단히 붙잡고 선 채 미주를 협박했다.

미주가 아무리 발버둥 쳐도 빠져나갈 구멍이 없어 보였다.

"이거 놔. 놓으란 말이야!"

당장 경찰에 알려야 하는 거 아님?

신고하는 게 낫지 않나?

🔘 실제 상황임?

이솔이를 다그치는 사람들과 눈앞에서 벌어지는 일을 지켜보는 사람들의 열기가 점점 뜨거워졌다.

그때 키 큰 오빠가 미주 앞에 바짝 다가서며 말했다.

"네가 애들 괴롭힌 애야? 그 영상, 어차피 가짜잖아. 그걸 믿냐?"

키 큰 오빠의 손이 번쩍 올라갔다. 미주의 몸이 움츠러들었다. 그러자 옆에 있던 또 다른 오빠도 주먹을 높이 치켜들었다. 미주가 몸을 감싼 채 주저앉으며 비명을 질렀다.

🔘 저 중학생들은 뭐지?
🔘 나비 마스크님, 얼른 신고부터 하세요.
🔘 저기가 어딘지 아는 사람 없음?

라이브 방송을 보던 사람들이 다급하게 채팅을 시작했다.

중학생 오빠가 다시 손을 번쩍 치켜들었다. 그 순간

이솔이가 자기도 모르게 큰 소리로 외쳤다.

"그, 그만둬!"

미주를 때리려고 손을 높게 쳐들었던 중학생 오빠들과 윤지, 빛나, 나은이가 깜짝 놀라 모두 이솔이 쪽을 쳐다보았다.

"어, 나비 마스크?"

"잡아!"

윤지와 나은이가 손가락으로 이솔이를 가리키며 발을 동동 굴렀다. 중학생 둘이 이솔이를 잡으러 마구 날려왔다.

"너, 잘 만났다."

이솔이는 덜덜 떨리는 마음을 다잡고 상가 모퉁이 쪽으로 마구 달아나기 시작했다. 미처 마스크도 벗지 못한 채였다. 중학생 오빠들은 이솔이를 금방이라도 따라 잡을 듯 빠르게 뒤쫓았다.

"거기 서!"

이솔이가 아무리 빠르게 달려도 남자인 중학생 두 사람을 따돌릴 수는 없었다.

이솔이는 모든 걸 내려놓고 두 눈을 질끈 감았다.

"잡으려면 잡아 봐. 이미 다 찍고 있으니까!"

어디선가 이솔이와 같은 나비 마스크를 쓴 아이 둘이 나타나 휴대폰을 높이 들고 소리쳤다. 이솔이는 소스라치게 놀라고 말았다.

'누, 누구지?'

중학생 오빠들과 윤지, 빛나, 나은이는 나비 마스크를 쓴 세 사람을 번갈아 보며 얼이 빠진 듯 그 자리에 멈춰 섰다.

"너희 누구야?"

"나비 마스크가 세 명이나 돼?"

"우리가 누군지 밝히려면 그만두는 게 좋을 거야. 지금 너희 모습이 여기 생생하게 찍히고 있으니까."

"자꾸 따라오면, 너네 얼굴 다 공개할 거야!"

나비 마스크를 쓰고 이솔이의 앞에 나타난 두 사람은 지금 벌어지는 일을 한 장면도 놓치지 않겠다는 듯 팔을 길게 뻗었다.

"아이, 씨."

중학생 오빠들과 윤지, 빛나와 나은이는 겁에 질려 누가 먼저랄 것도 없이 달아나기 시작했다. 이솔이는 자

기와 같은 나비 마스크를 쓴 아이들에게서 눈을 뗄 수 없었다.

'도대체 누구지?'

이솔이가 두 아이 곁으로 천천히 다가갔다.

"고마워. 너희 아니었으면 꼼짝없이 저 아이들에게 당할 뻔했어. 그런데 너희 누구야?"

그러자 그 아이들도 마스크를 벗었다.

"어, 너희는!"

하나와 도율이었다. 이솔이는 귀신에 홀린 듯 입을 떡 벌리고 말을 잇지 못했다.

"이솔아, 놀랐지? 일단 여기서 이럴 게 아니라 잠깐 얘기 좀 하자."

하나와 도율이가 이솔이를 이끌고 근처 무인 아이스크림 가게로 향했다. 아이스크림을 계산하고 자리에 앉은 하나가 잔뜩 흥분한 목소리로 말했다.

"어느 날 우연히 네 라이브 방송을 보게 되었어. 그땐 그게 너라고는 생각도 못 했어. 그저 너무 신기해서 도율이한테도 보라고 알려 줬지."

"우린 네 라방을 보다가 거기 나오는 아이들이 윤지

랑 빛나, 나은이라는 걸 알아챘어. 그러곤 나비 마스크를 쓴 아이도 어쩌면 우리 주변에 있지 않을까 생각했지. 그게 누구인지 알아내려고 주변을 유심히 살피기 시작했어."

도율이가 아이스크림을 입에 떠 넣자, 옆에 있던 하나가 말을 보탰다.

"사실 조용하고 아이들과도 어울리지 않는 네게 아무 관심 없었어. 그냥 우리 반 맨 앞자리에 앉은 소심한 아이라고만 생각했지. 그런데 어느 날 무심코 앞자리에 앉은 너를 봤는데 갑자기 네 손목에 있는 이게 눈에 띄는 거야."

하나가 이솔이 왼쪽 손목에 차고 있는 분홍 팔찌를 가리켰다.

이솔이는 깜짝 놀라 되물었다.

"이, 이거? 이게 왜?"

엄마가 친구들과 여행 갔다가 사다 준 분홍 매듭 팔찌였다.

"라방에서 본 팔찌랑 똑같았거든. 네가 나비 마스크라는 걸 알았을 때 우린 정말 기절하는 줄 알았어. 지금

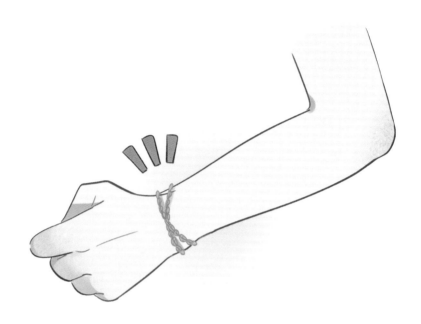

도 소름 돋는다."

하나가 소름 돋은 팔을 보여 주며 빙긋 웃었다. 도율
이도 깜짝 놀란 표정으로 말을 이었다.

"이솔아, 너 진짜 반전이다. 어떻게 이런 일을 생각한
거야? 진짜 대박이야, 대박!"

하나와 도율이의 너스레에 이솔이가 수줍게 웃었다.

"나도 처음부터 그런 라방을 할 생각은 아니었어. 나

는 이상하게 혼자 있는 게 좋아. 그래서 그냥 혼자 있을 때 꽃이나 고양이, 내 동생을 조금씩 찍을 생각이었거든. 그러던 어느 날 윤지랑 애들이 다른 아이의 돈을 빼앗는 걸 우연히 보게 된 거야."

하나와 도율이가 입을 모아 말했다.

"그래서 정의의 라방을 시작한 거구나? 진짜 대단하다. 용감해."

"사실 나도 4학년 때부터 올봄까지 윤지에게 괴롭힘을 당했어. 돈도 몇 번 빼앗겼고. 어떻게든 그 아이들이 잘못하고 있다는 걸 알리고 싶었어. 그래서 나비 마스크를 쓰고 그 애들을 촬영하기 시작한 거야. 하지만 내가 누구인지 밝힐 엄두는 나지 않아서……."

이솔이는 숨겨 왔던 속마음을 털어놓았다. 난생처음 자신을 믿고 이해해 주는 진짜 친구들을 만난 기분이었다.

"그래도 그건 아무나 할 수 있는 일이 아니야."

"맞아, 정말 대단해!"

그 순간 이솔이는 문득 지난번 이동 수업 교실에서 있었던 일이 떠올랐다. 윤지가 내민 무언가를 보고 하나가 깜짝 놀라는 모습이었다.

"하나야, 그런데 이동 수업 교실에서 윤지가 너한테 보여 준 게 뭐야? 대체 무얼 봤기에 네가 그렇게 당황해서 쩔쩔매는지 궁금했거든."

이솔이의 질문에 하나가 답했다.

"아, 그거? 나랑 도율이랑 둘이 찍은 네 컷 사진이야."

"그게 어쩌다 강윤지 손에 들어간 건데?"

"그건 나도 몰라. 아마 강윤지가 내 가방을 몰래 뒤져서 가져갔나 봐. 강윤지가 그 사진을 우리 반 아이들에게 다 보여 주겠다고 협박하는 바람에 당황했어. 도율이한테 미안하기도 하고. 우리가 사귀는 걸 알면 아이들이 얼마나 놀릴까 겁났거든."

하나는 그날 일이 떠올랐는지 억울하다는 듯 눈물을 글썽였다.

"하나한테 그 말을 듣고 나도 화가 났어. 당장 가서 따지려 했지만, 걔들이 괴롭히는 사람이 우리 둘만이 아니잖아. 그래서 걔들이 벌이는 못된 짓을 우리가 어떻게든 알려 보기로 한 거야. 그러다가 네 라방을 편집해서 올리기 시작했어. 어떻게든 많은 사람에게 다른 사람을 괴롭히는 건 나쁜 거라고 알려 주고 싶었거든."

"뭐? 그걸 너희가 만들었다고?"

이솔이는 모든 게 놀랍고 신기했다.

"응. 혹시 너한테 무슨 일이 생기면 너를 도와주려고 우리도 너랑 똑같은 나비 마스크도 샀어."

"오늘도 네 뒤를 밟다가 위험해 보여서 구하려고 나선 거야. 그 아이들이 황급히 도망치는 걸 보니 어찌나 웃기던지. 자기들도 세상에 알려지는 게 무서운가 봐."

도율이와 하나가 마주 보며 속이 시원하다는 듯 크게 웃었다.

"그랬구나."

이솔이는 도율이와 하나가 웃는 모습을 보며 더 이상 혼자가 아니라 친구가 생긴 것 같은 든든함을 느꼈다.

그날 밤 이솔이는 침대에 누워 방과 후에 있던 일을 되짚어 보았다.

'만약 하나랑 도율이가 나타나지 않았다면 나는 오늘 그 아이들에게 맞았을지도 몰라.'

이솔이는 하나와 도율이가 좋아하며 서로 돕는 것이

부러웠다. 좋아하는 사람이 생기면 어떤 기분일까, 궁금
하기도 했다. 그러다 문득 도율이와 하나가 나비 마스
크를 쓰고 나타났을 때 도망치던 미주가 떠올랐다.

'참, 미주는 어떻게 되었을까?'

7 • 놓치지 말고 찍어

다음 날, 미주가 학교에 나오지 않았다. 윤지와 빛나
는 아무 일도 없었다는 듯 태연하게 자리에 앉아 있었
다. 다른 날과 별로 다를 게 없는 평범한 날이었다.

그런데 1교시가 시작되고, 선생님이 칠판에 수하 문
제를 적었을 때였다. 갑자기 교실 앞문이 열리며 단발
머리 아주머니 한 분이 교실에 들어왔다.

"선생님, 저는 최미주 엄마예요. 죄송합니다만 이 반
에 강윤지라는 아이 있으면 좀 불러 주세요."

"안녕하세요, 미주 어머니. 그렇지 않아도 오늘 미주
가 연락도 없이 학교에 나오지 않아 전화를 드리려던

참이었어요. 그런데 윤지는 무슨 일로 찾으시는지요?"

선생님이 미주 어머니에게 정중하게 말했지만, 잔뜩 화가 난 미주 엄마는 당장 강윤지를 불러 달라며 언성을 높였다.

'보나 마나 어제 일 때문이겠지.'

이솔이는 윤지를 흘긋 바라보았다. 윤지는 조금도 당황하지 않고 고개를 빳빳이 든 채 미주 엄마를 노려보았다.

'저 애는 뭐가 저렇게 당당할까?'

이솔이는 그런 윤지를 이해할 수 없었다. 다른 아이들을 괴롭히는 것도 모자라 뻔뻔하기까지 했다. 어제의 일을 다 알고 있는 하나와 도율이도 표정을 찡그렸다.

"미주 어머니, 우선 저랑 먼저 이야기 좀 하실까요?"

선생님이 미주 엄마를 진정시키려 했지만, 화가 머리 끝까지 난 미주 엄마는 좀처럼 물러설 기미를 보이지 않았다. 미주 엄마는 당장이라도 교실 안으로 들어올 기세였다.

그 순간 윤지가 벌떡 일어나 교실 문 쪽으로 저벅저벅 걸어 나갔다.

"제가 강윤지인데요, 왜요?"

윤지는 눈 하나 깜짝하지 않고 당돌하게 미주 엄마 앞에 나섰다. 미주 엄마가 손가락으로 윤지를 가리키며 말했다.

"아, 네가 애들 괴롭히고 다닌다는 애니?"

그러자 선생님이 얼른 달려들어 윤지 앞을 가로막으며 말했다. 그러자 미주 엄마가 황당하다는 듯 부르르 몸을 떨며 소리쳤다.

"선생님도 아셔야죠. 어제 이 애들이 우리 미주를 붙잡아다가 윽박지르고, 중학생까지 동원해서 괴롭혔어요. 알고 계셨어요?"

아이들이 윤지를 바라보며 수군거렸다.

"정말 그런 일이 있었다고?"

"말도 안 돼."

선생님은 화가 나서 어쩔 줄 모르는 미주 엄마를 복도 끝에 있는 연구실로 데리고 들어갔다.

그 모습을 보던 이솔이는 속으로 중얼거렸다.

'이제 강윤지가 저지른 일이 다 밝혀지겠구나.'

미주 엄마가 학교에 다녀간 다음부터 큰 폭풍우가 몰

려왔다. 담임 선생님을 비롯한 모든 선생님이 윤지 패거리가 그간 벌여 온 일을 알게 되었다. 그런 와중에도 윤지는 미주를 때린 일은 없었다며 기고만장했다.

학폭위가 열린 후에도 윤지의 뻔뻔한 태도는 조금도 달라지지 않았다. 윤지는 도리어 미주를 약 올리며 으스대기까지 했다. 국회 의원이라는 윤지 아빠가 학폭위에서 한바탕 난리를 쳤다는 소문도 돌았다.

윤지가 팔짱을 끼고 미주 앞에 서서 거들먹거렸다.

"최미주, 억울한 척해도 소용없어. 나를 건드려 봤자 너만 손해야. 어쩌면 우리 아빠가 너희 엄마를 고소할지도 몰라."

그런 윤지의 모습에 이솔이는 너무 억울하고 분해서 입술이 덜덜 떨렸다.

놀랍게도 윤지는 아무 벌도 받지 않았다. 중학생 오빠들만 학교에서 처벌을 받았다는 소문만 들려왔다. 진짜인지 소문인지도 알 수 없었다.

이솔이는 하나와 도율이에게 속마음을 털어놓았다.

"강윤지가 자기 잘못을 뉘우치지 않고 뻔뻔하게 발뺌하는 걸 보고만 있어야 할까? 잘못을 저지르고 벌받지 않는다면 그건 정당한 일이 아니잖아.”

하나와 도율이가 안타까운 표정으로 물었다.

“어떻게 하면 좋을까?”

하나가 조심스레 물었다.

“이솔아, 편집한 영상을 선생님께 보여 드리고 도움을 얻으면 어때?”

그러자 도율이가 걱정스레 말했다.

“하지만 우리가 영상을 올린 게 밝혀지면 우리도 벌 받을지 몰라. 변호사인 우리 삼촌한테 물어봤는데, 본인의 허락 없이 동영상을 찍는 것도 법에 어긋나는 일이래. 우리가 찍은 것도 마찬가지일걸? 얼굴이 다 나오지는 않았지만 누가 봐도 강윤지라는 걸 알 수 있잖아.”

“그럼 우리 이제 어떡해?”

국회 의원인 윤지 아빠가 자기를 가만두지 않을 거라고 생각하니, 이솔이는 더럭 겁이 났다.

“이솔아, 라방은 당분간 그만하는 게 좋을 거 같아. 어떻게 할지 좀 더 생각해 보자.”

그렇지만 아무리 생각해도 방법은 한 가지뿐이었다.

이솔이가 시무룩한 얼굴로 대답했다.

"그래, 알았어."

이솔이는 속으로 다짐했다.

'이대로 물러서면 안 돼. 라이브 방송의 주인공이 나라는 걸 떳떳하게 밝히고 그 영상을 증거로 내놓는 거야. 도율이 말처럼 내가 벌받게 되더라도, 이 방법만이 윤지 패거리가 한 일을 제대로 알릴 수 있어.'

하지만 그건 이솔이 혼자 결정할 수는 없는 일이었다. 라방을 찍은 건 이솔이지만, 영상을 편집해 올린 건 하나와 도율이었으니까.

이솔이는 입술을 꼭 깨물며 결심했다.

'내일 학교에 가서 하나와 도율이를 설득해 봐야겠다. 용기를 내서 우리가 갖고 있는 증거를 제출하자고.'

8 · 용기 마스크

"한이솔, 여기 앉으렴."

이솔이를 연구실로 부른 선생님은 한동안 말없이 이솔이를 바라보았다. 그러고는 목소리를 낮춰 물었다.

"이솔아, 너를 왜 불렀는지 알겠니?"

이솔이는 떨리는 목소리로 말끝을 흐렸다.

"아, 아니요……."

그러자 선생님은 이솔이가 나오는 라방을 보여 주며 물었다.

"이솔아, 선생님에게 솔직하게 말해 줄 수 있겠니? 정말 이 영상을 네가 찍은 거야? 이 나비 마스크를 쓴 사람이 너고?"

선생님은 이미 모든 걸 알고 있는 것 같았다. 이솔이
는 선생님이 어떤 꾸중을 해도 달게 받겠다는 마음뿐이
었다.

이솔이가 고개를 푹 숙인 채 대답했다.

"네."

"어젯밤에 누군가 이 영상들을 내게 보내왔더구나."

선생님이 한숨을 깊게 내쉬고는 말을 이었다.

"이 영상 속 나비 마스크가 꼭 너 같아서 말이야. 그리
고 돈과 물건을 빼앗는 아이들이 윤지와 빛나, 나은이
라는 것도 알게 되었어. 이솔아, 이 영상을 찍은 이유를
말해 줄 수 있겠니?"

선생님의 목소리가 이솔이의 생각과 다르게 인자하
고 다정했다. 혼날 걸 각오하고 있던 이솔이는 떨리는
목소리로 4학년 때부터 윤지에게 괴롭힘을 당해 온 것
과 고양이를 찍다가 우연히 윤지가 아이들을 괴롭히는
걸 촬영하기 시작했다고 털어놓았다.

"그랬구나. 너처럼 얌전하고 수줍음 많은 아이가 그
런 걸 찍었다는 게 믿기지 않았거든. 네 이야기를 듣고

보니 좀 이해가 가네."

선생님은 말없이 고개를 끄덕였다.

"음, 이솔이는 이 일을 어떻게 해결하고 싶니?"

선생님은 이솔이를 야단치거나 혼내지 않고 몇 가지 사실만 묻고는 교실로 돌려보냈다. 이솔이는 연구실에서 나오자마자 하나와 도율이에게 메시지를 보냈다.

 이솔 얘들아, 담임 선생님이 라방 영상을 이미 다 보셨대. 아무래도 우리 혼나겠지?

 하나 이솔아, 걱정하지 마. 윤지 아빠도 그 영상을 보면 더는 발뺌하지 못할 거야. 증거가 다 찍혀 있으니까.

 도율 그런데 그 영상을 누가 선생님께 보냈을까?

이솔이는 하나와 도율이와 메시지를 주고받으면서도 불안한 마음이 가시지 않았다.

사실 이솔이가 처음 윤지 패거리의 모습을 찍은 건 우

연이었다. 하지만 많은 사람의 응원 댓글이 달리자 생각이 점점 달라졌다.

'나는 저 아이들을 이길 수 없어. 그 대신 저 아이들의 모습을 찍어서 다른 사람들에게 알리는 일은 얼마든지 할 수 있잖아. 아이들이 나쁜 행동을 그만둘 때까지 말이야.'

이솔이는 힘이 없다고, 상대가 무섭다고 아무 일도 하지 않으면 아무것도 바뀌지 않을 거라고 생각했다. 누군가는 그들의 잘못을 알려야만 했으니까.

'그래, 이제 이 일은 담임 선생님의 손으로 넘어갔어. 내 방송은 아이들의 잘못을 알리는 증거가 될 거야.'

이솔이는 그 정도의 역할을 해낸 것만으로도 뿌듯했다. 다른 사람의 행동을 몰래 찍은 일로 벌을 받게 된다고 해도 이제 상관없었다. 그건 자신이 벌인 일에 대한 대가니까.

그런데 다음 날 카톡을 확인한 이솔이는 깜짝 놀랐다. 도율이와 하나가 편집한 짧은 영상을 선생님에게 보냈다는 내용이었다.

이솔 그러다 너희까지 혼나면 어쩌려고.

 도율 너 혼자 무거운 짐을 지게 할 수 없잖아.

우리도 우리가 한 일을 당당하게 밝히고
싶었어. 벌을 받더라도 같이 받자.

 하나 어차피 우리가 만들었다는 게 밝혀질 텐데,
뭐. 차라리 스스로 밝히는 게 나을 거야.

 이솔 얘들아, 고마워.

 하나 이솔이 네 행동이 잘못된 게 아니라는 걸
꼭 알려 주고 싶었어.

'그래, 나는 혼자가 아니었어. 내게도 친구가 생긴 거
야. 진짜 친구가⋯⋯.'

이솔이는 진짜 친구가 생겼다는 생각만으로도 가슴
이 벅차올랐다.

며칠 뒤, 학교가 끝나고 담임 선생님이 집에 가려는

이솔이와 몇몇 아이를 붙잡았다.

"한이솔, 이하나, 나도율, 장단우. 모두 잠시 남았다가 가렴."

이솔이는 드디어 올 것이 왔구나, 하는 마음으로 하나와 도율이를 번갈아 바라보았다.

'그런데 단우는 왜……'

세 사람과 단우는 연결고리가 없었다. 이솔이는 의아한 표정을 지었다.

'앗, 혹시?'

이솔이가 단우에게 작은 목소리로 물었다.

"단우야, 내가 찍은 라방을 선생님께 보낸 사람이 바로 너였어?"

그러자 단우는 이솔이에게 의기양양한 목소리로 말했다.

"내가 아니라 우리 아빠 생각이었어. 강윤지에게 게임기를 빼앗기는 내 모습을 보고는 이 라방을 찍은 사람이 누군지는 모르지만 잘못된 것을 알리려는 마음이 대단하다고 칭찬하셨어. 어쩌면 이 영상을 찍은 사람이 우리 반 아이일지도 모른다고 아빠에게 말했더니 아빠

가 그걸 선생님께 보낸 거야. 한이슬, 네 라방 덕분에 생생한 증거가 생겼어. 너, 정말 멋지다!"

이솔이는 선생님께 영상을 보낸 사람이 단우 아빠라는 게 놀라웠다.

선생님은 어두운 얼굴로 교실에 남아 있는 아이들을 둘러보았다.

"너희를 부른 건 윤지와 빛나, 나은이를 어떻게 하고 싶은지 솔직한 의견을 묻기 위해서야. 이번에는 너희가 촬영한 증거 영상이 있으니 학폭위 결과도 지난번과 달라질 거고."

그러자 아이들이 동시에 고개를 끄덕였다.

선생님이 아이들을 둘러보며 물었다.

"그럼 우선 너희가 라이브 방송을 촬영한 이유와 영상을 올린 이유를 말해 줄 수 있겠니?"

이솔이가 먼저 용기를 내어 대답했다.

"네, 괜찮아요."

그러자 나머지 세 아이도 입을 열었다.

아이들의 이야기를 들은 선생님은 굳은 얼굴로 고개를 끄덕였다.

그날 밤, 이솔이는 엄마에게 어렵게 말을 꺼냈다.

"엄마, 미안해요. 미리 말하지 못해서. 사실은 내가 아파서 누워 있을 때 말하려고 했는데 하지 못했어요."

엄마가 이미 각오하고 있었다는 듯 굳건한 표정으로 말했다.

"이솔아, 엄마는 사실 네가 라이브 방송하는 걸 알고 있었어. 처음엔 누가 엄마 아이디로 장난하는 줄로 알았는데……. 네가 라이브 방송을 한다는 걸 알았을 때 한편으론 기뻤단다. 아이들하고 잘 어울리지 못하고 겉돌던 네가 라방을 하면서 세상과 만나는 게 기특했어. 그리고 네가 나비 마스크를 쓰고 나쁜 행동하는 아이들 모습을 찍어 올리는 걸 보면서 응원도 했지."

"어, 엄마가 그걸 다 알고 있었다고?"

"그래. 나비 마스크로 아무리 가린다 해도 내가 딸을 못 알아보겠니."

엄마의 따뜻한 목소리에 겁에 질렸던 마음이 조금은 가벼워졌다. 이솔이는 엄마에게 그동안의 일을 솔직하게 털어놓았다.

"엄마, 난 그동안 겁도 나고 두려웠어. 그런데 나비 마스크를 쓰면 내가 다른 사람이 된 것처럼 힘이 나고 용기가 생겼어. 마치 누군가 마법의 주문이라도 걸은 것처럼. 이제 다른 사람들도 다 알게 되었지만······."

"이솔아, 어쨌든 네가 그런 용기를 낸 건 장한 일이야. 네가 그걸 찍지 않았다면 그 아이들이 하는 못된 행동을 아무도 모르고 있었을 거야. 내일 학교에 가서 엄마는 내 딸이 한 일을 당당하게 이야기할 거야. 엄마는 우리 딸이 자랑스러워."

엄마가 이솔이의 손을 꼭 잡아 주었다.

9 • 이제 혼자가 아니야

며칠 뒤 학폭위가 열렸다. 이미 담당 선생님들이 이솔이, 하나, 도율이, 단우, 윤지, 빛나, 나은이를 한 사람씩 불러다 모든 이야기를 다 듣고 난 후였다. 이솔이의 라방 영상도 하나와 도율이가 편집해 올린 영상도 모두 증거가 되었다.

학폭위가 열리는 회의실로 교장 선생님과 교감 선생님 그리고 이솔이 엄마, 윤지 아빠, 빛나와 나은이 엄마가 들어가는 게 보였다. 이솔이와 하나, 도율이, 단우는 한데 모여 조마조마한 마음으로 회의가 끝나기를 기다렸다. 윤지와 빛나, 나은이도 복도 끝에 모여 서 있었다.

학폭위가 시작되자 윤지 아빠의 목소리가 회의실 복도까지 새어 나왔다. 이솔이는 윤지 아빠의 목소리에 귀를 기울였다.

"아이들이 만든 저 엉터리 영상을 누가 믿겠어요? 그리고 저 영상 속의 아이가 내 딸이라는 걸 증명할 수 있나요? 내 명예를 걸고 우리 윤지가 잘못이 없다는 걸 입증할 테니 그리 알고 계세요."

단우 아빠도 지지 않고 말했다.

"윤지 아버님, 내 자식이 예쁘다고 무조건 감쌀 수는 없는 겁니다. 따님의 잘못을 바로잡아 주는 게 더 좋은 선택이 아닐까요."

문이 열리고 회의실에 있던 어른들이 나오기 시작했다. 윤지 아빠의 얼굴이 벌겋게 달아올라 있었다.

윤지 아빠가 코뿔소처럼 씩씩거리며 말했다.

"강윤지, 당장 따라와!"

윤지는 고개를 푹 수그리고 아빠를 뒤따랐다.

그 모습을 함께 지켜보던 이솔이의 엄마가 이솔이의 가방을 받아 들며 차분하게 말했다.

"우리 이솔이 그동안 고생했다. 네 덕분에 학교 폭력 증거를 확보할 수 있었어."

'내가 라방을 찍지 않았다면 이 사실을 아무도 몰랐겠지? 아니, 알았어도 모르는 척하며 지냈을 거야. 아무것도 변하지 않았던 예전처럼. 강윤지는 지금 얼마나 나를 원망하고 있을까.'

윤지를 생각하자 이솔이의 마음이 무거워졌다.

그때 하나와 도율이의 메시지가 도착했다.

하나 이솔아, 너무 속상해하지 마.

도율 맞아, 정의의 라방 덕분에 그 아이들에게도 잘못을 뉘우칠 기회를 준 거니까. 나도 후회하지 않아.

하나 이솔아, 우리 내일부터 화장실 청소해야 하는 거 알지?

도율 우리 그 정도의 벌은 달게 받자. 일주일 동안 화장실 특공대가 되어 보는 거야. ㅋㅋ

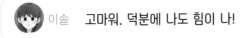
이솔　고마워. 덕분에 나도 힘이 나!

이솔이는 코끝이 찡해졌다. 혼자였다면 견디지 못했을 일도 하나와 도율이가 있으니 든든하고 위로가 되었다. 이솔이의 입가에 웃음이 번졌다.

그때 한 번 더 진동이 울렸다. 확인해 보니 윤지가 보낸 문자 메시지였다.

윤지　한이솔, 속이 후련하니? 너, 조심하는 게 좋을 거야. 내가 보낸 이 문자를 또 담임이나 네 부모에게 알리기만 해. 그땐 진짜 가만두지 않을 테니까.

이솔이는 윤지가 보낸 메시지를 읽고 또 읽어 보았다. 반성이나 뉘우침 따위는 조금도 느껴지지 않았다. 하지만 이제 그 아이의 협박이 무섭거나 두렵다기보다는 가엾다는 생각이 먼저 들었다. 윤지가 으름장을 놓는 모습이 마치 거미줄에 걸린 나비가 발버둥 치는 모습처럼

느껴졌다.

이솔이는 메시지를 삭제하며 다짐했다.

'강윤지, 네 덕분에 나는 전보다 조금 더 용감해졌어. 얼마든지 날 괴롭혀도 좋아. 다시는 너에게 당하지만은 않을 테니까. 게다가 이제 나는 혼자가 아니잖아.'

이제 이솔이는 윤지가 두렵지 않았다. 라이브 방송 영상에 달린 댓글과 친구들 덕분인지 자기도 모르는 사이 마음이 단단해진 것 같았다.

이솔이는 마음을 나눌 친구가 생겼다는 것이 든든하면서도 한편으로는 늘 붙어 다니는 하나와 도율이가 부럽기도 했다.

이솔이는 도율이와 하나를 보며 중얼거렸다.

"나도 그런 친구가 있었으면……."

강해지자고 몇 번이나 다짐했지만 학폭위 사건 이후 윤지의 얼굴을 마주하는 일은 생각보다 힘들었다. 학교가 끝나면 윤지 엄마는 매일 윤지를 데리러 왔다. 행여 윤지가 또 나쁜 길로 들어설까 봐 그런 것 같았다. 동네 여기저기 돌아다니며 아이들을 괴롭히던 윤지에게는 그것보다 큰 벌도 없을 터였다. 윤지가 엄마에게 붙잡혀 집으로 가자 빛나와 나은이도 더 이상 몰려다니지 않았다. 덕분에 윤지는 물론 다른 아이들도 이솔이를 괴롭히지 않았다.

"이솔아, 잘 가!"

"그래, 내일 봐!"

이솔이는 하나, 도율이와 헤어져 집으로 향했다.

학폭위 이후 이솔이는 라이브 방송을 그만두었다. 허락받지 않고 누군가를 찍으면 안 된다는 걸 깨달았기 때문이다. 그 대신 이솔이는 아무에게도 보여 주지 않을, 혼자만의 영상을 촬영하기 시작했다. 고양이나 강아지, 꽃, 집 앞 풍경, 남동생 이루와 엄마, 아빠처럼 사소한 것들이었다.

"이솔아, 엄마 좀 찍지 마."

여전히 엄마는 이솔이가 휴대폰을 들이밀면 손사래를 치며 도망가고는 했지만.

카메라가 익숙하지 않은 건 이루도 마찬가지였다. 하지만 라이브 방송을 하면서 영상의 묘미를 알게 된 이솔이는 무언가를 촬영하고 편집하는 일이 점점 더 좋아

졌다.

'나중에 커서 유튜버가 되면 어떨까? 내가 좋아하는 걸 영상에 담아 세상에 공개하는 거야. 여행지에서 찍어도 좋고, 내가 그린 그림도 좋고.'

이솔이는 이번 일을 통해 소중한 꿈 하나를 얻게 되었다. 그것만으로도 든든한 기분이었다.

며칠 뒤, 학교가 끝나고 무심코 길을 걸어가던 이솔이는 익숙한 뒷모습을 보고 반가운 마음에 소리쳤다.

"깜깜아, 너 어디 있다가 이제 나타난 거야!"

이솔이는 오랜만에 만난 깜깜이를 쫓아가며 반갑게 외쳤다. 깜깜이도 이솔이를 알아보는지 오도카니 앉아 눈을 동그랗게 뜨고 이솔이를 바라보았다.

"깜깜아, 그런데 어떡하지? 지금은 줄 게 아무것도 없는데. 음, 잠깐 편의점에 갔다 올테니 도망가면 안 돼, 알았지?"

이솔이는 오랜만에 만난 깜깜이가 사라질까 봐 조바심이 났다.

그때였다. 갑자기 등 뒤에서 누군가가 불쑥 고양이 사

료를 내밀었다.

"이솔아, 이거 얘한테 줄래?"

놀랍게도 같은 반 한결이였다.

이솔이는 반가워하며 말했다.

"너, 고양이 사료도 가지고 다녀? 어서 깜깜이한테 좀 줘 봐."

한결이는 깜깜이 앞에 사료를 놓아 주며 다정하게 말했다.

"야옹아, 어서 먹어. 배고프지?"

깜깜이는 사료를 오물오물 맛있게 먹기 시작했다.

"엄청 잘 먹네. 귀여워."

이솔이가 여러 각도에서 깜깜이를 찍으며 환히 웃었다. 하지만 이번에도 깜깜이는 사료를 다 먹자마자 어디론가 달아나 버렸다.

한결이가 깜깜이의 뒷모습을 보며 말했다.

"아무래도 깜깜이가 저쪽 어딘가에 사나 봐."

이솔이는 갑자기 나타난 한결이에게 궁금하다는 듯 물었다.

"한결아, 너 고양이 키워?"

"응, 두 마리. 우리 엄마가 날마다 동네 고양이에게 사료를 주거든. 처음에는 고양이를 좋아하지 않았는데 엄마가 하는 걸 보면서 나도 조금씩 관심 갖게 됐어. 그래서 이 통에 사료를 조금씩 넣어 다니면서 길냥이를 만나면 나눠 주고는 해."

한결이가 가방에서 귀여운 사료 통을 꺼내 이솔이에게 보여 주었다.

한결이가 환하게 웃으며 물었다.

"이솔아, 내가 사료 좀 나눠 줄까? 깜깜이 만났을 때 주면 되잖아."

"정말? 좋아, 그럼 되겠다!"

한결이의 뜻밖의 제안에 이솔이는 손뼉까지 치며 좋아했다.

"근데 너희 집도 이쪽이야?"

"응, 나 저 아파트 살아."

이솔이가 고개를 갸우뚱하며 웃었다.

"아, 그렇구나. 나는 저 위에 있는 해님빌라. 너랑 나랑 집이 가깝네. 근데 왜 몰랐지?"

"그런데 한이솔, 너 요즘 좀 달라진 것 같아. 예전에는 아무하고도 말하지 않고 땅만 보고 다녔잖아. 그러니까 내가 네 옆으로 지나가도 몰랐겠지. 나는 너 많이 봤어."

이솔이는 깜짝 놀라 물었다.

"나, 나를 봤다고?"

한결이가 웃으며 말했다.

"고양이 영상을 찾아보다가 우연히 네가 깜깜이를 촬영해서 올린 걸 봤어. 그때부터였어. 네 방송을 보게 된 게. 사실 아무한테도 말하지 않았지만, 나는 처음부터 나비 마스크를 쓴 아이가 너라는 걸 눈치채고 있었어. 너에게 그런 용기가 있다는 게 놀랍기도 했고."

"정말? 실은 나도 이번 일을 겪으면서 내가 좀 달라지긴 한 것 같아. 예전에는 사람들 앞에 나서는 게 힘들었는데…… 지금은 괜찮아."

이솔이가 배시시 웃어 보였다.

"이솔아, 다른 아이들은 신경 쓰지 말고 네가 하고 싶은 걸 해 봐."

한결이는 툭 던지듯 말하고는 아무렇지 않다는 듯 어깨를 으쓱해 보였다.

집에 온 이솔이는 한결이를 떠올렸다. 누가 뭐래도 기 죽지 않고 씩씩하고 당당하게 뭐든 척척 잘 해내는 한결이가 멋있게 느껴졌다.

이솔이는 휴대폰을 꺼내 한결이의 메신저 프로필 사진을 열어 보았다. 고양이 사진이 여러 장 있었다. 한결이가 고양이를 안고 있는 사진이며 고양이들이 캣타워에 올라가 있는 사진도 있었다.

이솔이의 입술에서 풋 하고 웃음이 새어 나왔다. 사진을 넘기다 보니 가족사진도 있었다. 가운데 서 있는 한결이는 유니폼 차림으로 축구공을 들고 있었다.

'한결이는 축구를 좋아하나 보네?'

한결이의 관심사 한 가지를 더 알아낸 기분이었다. 이솔이는 어쩐지 부끄러운 마음이 들어 얼른 휴대폰을 주머니에 집어넣었다.

다음 날, 학교가 끝나고 교문을 나서는데 누군가 이솔이에게 반갑게 말을 걸어왔다.

"한이솔, 어제 말한 사료 가져왔어. 오늘도 깜깜이 만났으면 좋겠다, 그치?"

한결이가 이솔이에게 사료 통을 내밀며 방긋 웃었다.

그러자 옆에 있던 하나와 도율이가 호들갑을 떨었다.

"한이솔, 김한결. 너희 언제부터 이렇게 친해진 건데?"

"아, 아니야. 그런 거 아니야!"

이솔이가 깜짝 놀라 손을 마구 내저었다.

한결이가 환하게 웃으며 하나와 도율이에게 말했다.

"난 이솔이 방송을 보기 전부터 늘 무언가 골똘히 생각하는 이솔이가 왠지 멋져 보였어."

하나가 장난스럽게 물어 왔다.

"정말? 이솔아, 그럼 너네 오늘부터 1일이야?"

이솔이는 부끄러운 나머지 얼굴이 빨개진 채 걸음을 재촉했다.

뒤따라오던 도율이와 하나가 마구 손뼉을 치며 크게 외쳤다.

"우하하, 5학년 1반 2호 커플 탄생이네!"

'이제 나에게도 언제나 속마음을 털어놓을 수 있는 특별한 친구가 생긴 걸까?'

이솔이는 베스트 프렌드가 생겼다고 크게 외치고 싶

어졌다. 입가에 웃음이 자꾸 비어져 나왔다.

이솔이는 활짝 웃으며 생각했다.

'다음에는 한결이를 찍어 봐야지!'

'학폭'이라는 단어가 사라지면
얼마나 좋을까

요즘 티브이나 신문, 인터넷 뉴스를 보면 참 슬프고 속상해요. 아무 이유도 없이 지나가는 사람을 때리고, 사소한 일로 누군가를 죽음으로 몰아가고, 남의 물건을 부수고 망가뜨리는 사람들의 기사를 볼 때 말이에요.

사람들은 마치 마음에 활화산 하나가 들어있는 것처럼 툭하면 불을 내뿜으며 누군가를 다치게 했어요. 그런데 더 놀라운 건 그런 무서운 일이 초등학교에서도 일어나고 있다는 거였어요.

얼마 전, 뉴스에서 초등학생 학교 폭력 피해가 11년 전보다 4.2퍼센트나 늘었다는 기사를 보고 깜짝 놀랐어요.

　기사를 보면 피해 아이들 대부분 언어폭력, 신체 폭
력, 집단 따돌림, 사이버 폭력, 물건 뺏기기 등 다양한
폭력에 시달렸다고 하더군요. 그중에는 '딥페이크'라는
신종 범죄 피해를 당한 어린이도 있었어요.

　나는 강의에서 만난 어린이들을 떠올렸어요. 그들은
겉으로 보기에는 아무 문제도 없어 보였지요. 잘 웃고,
떠들고, 장난치는 해맑은 모습을 보면 그 아이들의 일
상에 '학폭' 따윈 없어 보였거든요. 하지만 그 속에 선생
님도 친구들도 때로는 엄마, 아빠도 모르게 학폭을 당
하는 아이와 학폭을 저지르는 아이가 숨어 있다는 걸
생각하자 마음이 무거웠어요.

'도대체 누가, 왜, 저런 무서운 짓을 저지르는 걸까?'

누군가는 경쟁 사회에서 지치고 뒤처진 어린이들이 질투심으로, 또는 그저 장난으로 누군가를 때리고 꼬집고 밀치고 놀려 대고, 나보다 약한 아이를 향한 우월감으로 상대를 괴롭힌다고 해요.

하지만 그 어떤 이유에서든 '학폭'은 절대 해서는 안 되는 행동이랍니다. 자존감이 높고, 남을 존중하고, 배려할 줄 알며 긍정적인 어린이는 절대로 하지 않는 행동이지요.

나는 이번에 새로운 동화 『정의의 라방』을 쓰면서 간절히 빌었어요. 부디 내 책을 읽는 독자들은 그 누구에게 학폭을 저지르지도, 당하지도 않으면서 즐겁고 행복한 학교생활을 하길 말이에요.

어린 시절이 행복해야 어른이 되어서도 남을 배려하고 이해하고 돕는 사람이 된다고 믿으니까요.

그리고 주인공 이솔이처럼 용기를 내어 학폭을 저지르는 아이들의 잘못을 깨닫게 하고, 학폭을 당한 아이들에게 위로의 손길을 내미는 사람이 되었으면 해요.

동화작가 이규희

정의의 라방

ⓒ 이규희·스갱, 2024

초판 1쇄 인쇄일 2024년 10월 22일
초판 1쇄 발행일 2024년 11월 5일

지은이   이규희
그린이   스갱
펴낸이   강병철
편집   서효원 유지서 정사라 장새롬
디자인   서은영
마케팅   최금순 이언영 연병선 송의정 성채영
제작   홍동근

펴낸곳   이지북
출판등록   1997년 11월 15일 제105-09-06199호
주소   (04047) 서울시 마포구 양화로6길 49
전화   편집부 (02)324-2347, 경영지원부 (02)325-6047
팩스   편집부 (02)324-2348, 경영지원부 (02)2648-1311
이메일   ezbook@jamobook.com

ISBN 979-11-93914-49-6 74810
      978-89-5707-898-3 (세트)

"콘텐츠로 만나는 새로운 세상, 콘텐츠를 만나는 새로운 방법, 책에 대한 새로운 생각"
이지북은 세상 모든 것에 대한 여러분의 소중한 콘텐츠를 기다립니다.